KB088615

스님의
일기장

스님의
일기장

현진 지음

머리글

　올해로 글쓰기 이십 년째다. 돌이켜 보니 내 글쓰기의 역사도 출가의 햇수와 비슷하다. 해인사 학인 시절에 월간 『해인』의 필진으로 참여하게 된 것이 작가로서의 인연이다. 그 세월이 듬성듬성 내 삶의 언저리를 지나갔다. 그동안 수행 일기처럼 써 온 글이 어느새 십 여 권의 책으로 출간되었다. 이들 책 속에는 수행길에서의 다양한 사연과 서투른 수상隨想들이 행간마다 배어 있다. 이제는 글 쓰는 일이 전문인의 영역이 아닌 세상이 되었지만 내 출가 여정의 흔적과 기록이라는 생각으로 위안을 삼는다.

　글쓰기 이십 년을 정리하면서 문장을 잘 쓴다는 것이 무엇인가를 새삼 생각해 보게 된다. 어려운 구절을 나열하고 현학적인 내용을 중복하는 것만이 좋은 글이 아닐 것이다. 평이한 문장이지만 남녀노소가 바르게 이해할 수 있다면 그게 명문名文이라는 소신엔 변함없다. 여기엔 당연히 아름다운 모국어의 적극적인 활용과 표현이 필요하다. 좋은 글은 시공을 초월하여 독자들의 마음을 밝힌다. 결국 좋은 책은 세월이 결정한다. 한때 잘 팔리는 베스트셀러를 양서

良書의 기준으로 삼을 수도 있지만 삶의 의미와 기쁨을 안겨 주는 그런 책은 수많은 세월이 지나도 독자들의 주목을 받는다. 동서양의 고전들이 이를 증명해 준다.

나 또한 이제껏 세상에 내놓은 책이 그 수명이 짧고 형편없는 수준의 반열이라는 것을 잘 안다. 그렇지만 꾸준하게 글을 써 온 사람으로서 독자들에게 아주 잊히는 것은 섭섭한 일이다. 이런 까닭으로 글쓰기 이십 년에 즈음하여 그간 발표했던 글 가운데 먼지 속에 놓아두기엔 아쉬운 내용을 다시 정리하기로 마음먹었던 사정이 여기에 있다.

여기엔 첫 산문집 『삭발하는 날』을 비롯하여 최근의 법문집에 이르기까지 일부 내용을 그대로 인용한 것도 있지만 짧은 문장으로 다시 편집한 것도 있으며, 더러는 내 일기에서 뽑은 글도 있다는 것을 밝힌다. 지금은 교훈과 충고가 되는 글이 우리 주변에 너무 많아 그것이 오히려 공해가 되는 세상이라서 공연히 허물 하나를 덧붙이는 어리석음이 될까 두렵다. 독자들의 행복을 기원한다.

성모산 자락에서
현진

차 례

1장

지금 이 순간

오늘이 언제나 마지막 12 • 단순하다는 것 13 • 내복은 늦게 입고 늦게 벗어라 14 • 문제를 문제로 보지 않으면 16 • 완벽한 봄날은 없다 18 • 보답 릴레이 19 • 꿩 수좌의 날갯짓 20 • 이승의 곳간과 저승의 곳간 22 • 봄은 여기 매화가지 위에 24 • 산수유 개나리 벚꽃 26 • 인간 세상 호시절이 바로 이것 27 • 긍정 주파수 28 • 꽃이 피어서 봄이다 30 • 지금 그리고 여기 31 • 출가는 삶의 쿠데타 32 • 만족의 반대말은 스트레스 33 • 말의 화살 34 • 모과나무 아래에서 36 • 삶은 가위바위보 대결 38 • 아내 있는 이 땅의 남자들에게 39 • 삶이 지치고 힘들 때는 화장장을 가 보라 40 • 오늘이 가장 소중한 날 42 • 소는 윗니가 없고 호랑이는 뿔이 없다 43 • 어느 집안이든 화장실이 있다 44 • 세상에서 가장 강한 독 45 • 손빨래의 즐거움 46 • 우리 삶에서 가장 행복한 시절 50 • 복권에는 '복'이 없다 52 • 흔들리며 피지 않는 꽃이 어디 있으랴 54 • 동물들의 무덤 55 • 흰 구름도 먹구름도 다 같은 구름 56 • 세상에서 가장 가난한 사람 58 • 정상에 서 있을 때가 가장 위험하다 60 • 꽃을 심고 흙을 만지는 일 62 • 행복이 무어냐고 물으신다면 l 63

2장

여기에서

잃어버린 고무신 66 • 사월 초파일 67 • 내가 세상에 온 이유 70 • 화장실을 부르는 여섯 가지 말 72 • 오솔길 등산 73 • 죽음과 위기의 공통점 74 • 내 삶의 주인공 되기 75 • 빗소리가 떠나간 자리처럼 76 • 백 년 후에는 아무도 없다 78 • 저마다 앉을 자리는 따로 있다 80 • 우리나라 부자들의 공통점 82 • 자귀나무 꽃 필 무렵 83 • 너무 가까이 있어서 몰라보는 것들 84 • 잘나갈 때는 발밑을 살펴라 85 • 예고 없는 만남 86 • 모기에 물리는 건 축복 87 • 후회도 미련도 없는 나팔꽃 인생 88 • 누구도 영원히 살지 않는다 90 • 우윳빛 치자 꽃의 은밀한 향기 92 • 인생의 전환점 94 • 부자도 세끼, 가난뱅이도 세끼 95 • 더위와 하나가 돼라 96 • 이름 없는 부도를 보며 98 • 뜰 앞의 상사화 1 100 • 뜰 앞의 상사화 2 101 • 삶은 어차피 불편한 것 102 • 미움의 역리성 103 • 풀 뽑기 104 • 위대한 평범 105 • '무상'에 담긴 두 가지 뜻 106 • 별이 빛나는 이유 108 • 백로와 바닷게 110 • 물고기가 물을 떠나면 112 • 예정된 우연을 찾아서 114 • 행복이 무어냐고 물으신다면 2 115

3장

온전히

인연의 무게 118 • 연꽃의 지혜 120 • 연꽃을 피우는 방법 122 • 네 잎 클로버 vs. 세 잎 클로버 124 • 당신의 샹그릴라는 어디인가 126 • 복은 구하는 게 아니라 짓는 것 128 • 인과의 율동 129 • 받아들임 130 • 긍정적인 말 한마디 132 • 여행에 대한 생각 1 134 • 여행에 대한 생각 2 135 • 삶은 문제의 연속 136 • 부자 라인 만들기 137 • 이성을 대하는 법 138 • 라다크 사람들이 가장 싫어하는 욕 139 • 시간의 눈금 140 • 참다운 진리는 보편적인 진리 142 • 언젠가는 지나간다 144 • 부부에게 1 146 • 부부에게 2 147 • 가을 소식 148 • 절반의 성공 절반의 실패 149 • 바퀴는 늘 굴러가야 바람이 새지 않는 법 150 • 보고 있어도 보고 싶은 사람 154 • 죽음, 틀림없는 매듭 156 • 사랑의 힘 157 • 분노와 못생긴 얼굴 158 • 삶의 정답 160 • 홈런 칠 기회 161 • 평생 감사해야 할 대상 세 가지 162 • 철부지가 되지 않으려면 164 • 인연의 부피를 줄여야 할 때 165 • 모든 이에게 통하는 만병통치약 166 • 인생사 엎치락뒤치락 167 • 알렉산더의 유언 168 • 행복이 무어냐고 물으신다면 3 169

4장
살아가는 즐거움

그대 지금 간절한가 172 • 세월 173 • 풍요로운 가을 174 • 인과의 법칙 175 • 도토리 줍는 재미 176 • 분수를 지킬 줄 아는 살구나무처럼 178 • 너무 가깝지도 않게 너무 멀지도 않게 180 • 집집마다 읽기 힘든 경전이 있다 181 • 외떨어져 사니 문 두드리는 사람 없고 182 • 틀린 게 아니라 다른 것 183 • 세상에서 가장 무거운 것 184 • 화 잡는 웃음 186 • 숲이 말을 걸어오는 그 순간 188 • 도토리가 묵이 되기까지 190 • 달빛 소풍 191 • 화는 뿌리가 없다 192 • 성숙한 신앙인의 자세 194 • 간절하고 절박하던 순간 196 • 나무도 주인이다 200 • 집중하는 삶 201 • 안개 202 • 세월에 의지해야 할 때 204 • 쉰 살이 되면 205 • 결젯날 아침 206 • 겨울 바다 207 • 내일은 너의 차례 208 • 새벽 삭발 209 • 세상 모든 자녀는 '라훌라' 210 • 대나무를 닮아야 중노릇 한다 212 • 올해 더 가난해야 하는 이유 214 • 결정적인 순간 215 • 한 해의 마지막 날 216 • 기다리지 마라 218 • 사라나무 사이로 지는 해 219 • 날마다 새롭게 220 • 흐름대로 살라 221 • 행복이 무어냐고 물으신다면 4 222

1장

지금 이 순간

오늘이 언제나 마지막

우리가 새해라고 하지만 사실은 어제의 해와 오늘의 해는 다를 바 없다. 늘 변함없이 떠오르는 태양인데 신년이라고 해서 달리 의미를 두는 것뿐이다. 그러므로 오늘은 어제의 연장이요, 오늘은 내일의 시작인 셈이다.

한결같은 삶이란 오늘이 언제나 마지막이라는 각오로 살아가는 자세를 말한다. 그래야 더 열심히 호흡하며 살 수 있고, 인생을 낭비하지 않게 된다.

그렇기 때문에 과거의 시간에도 끌려다니지 말고 불확실한 미래의 시간에도 연연하지 말아야 한다. 그런 점에서 조선 시대 백양사에서 수행하였던 학명 선사의 게송은 우리의 마음을 밝혀 준다.

묵은해니 새해니 분별하지 말게.
겨울 가고 봄 오니 해 바뀐 듯하지만
보게나, 저 하늘이 달라졌는가?
우리가 어리석어 꿈속에서 사네.

단순하다는 것

　하루해가 저물면 다리를 뻗고 울었다는 어느 노스님의 일화가 생각난다. 마음공부는 거북이걸음처럼 느린데 세월은 토끼 걸음처럼 빠르다. 그래서 마음공부에 대한 아쉬움과 자책 때문에 눈물 흘리는 노스님의 삶이 하루에 황금 만 냥을 쓰는 수행인의 바른 삶일 것이다.

　올해에는 보다 단순한 삶이 되도록 노력할 생각이다. 단순하다는 것은 불필요한 일을 줄이는 것이다. 살아가는 일에 꼭 필요한 일이 아닌데도 그 일에 시간을 얽매이는 경우가 많다. 우리는 이러한 불필요한 일들로 인해 분주하게 하루를 살아가는 일상을 반복하고 있다 해도 과언이 아니다. 이러한 생활 습관 때문에 어쩌다 한가한 시간이 생기면 오히려 무료해하거나 불안한 마음이 생기기도 한다. 우리는 날마다 바쁘게 살면서도 자신이 주체가 되지 못하는 삶을 사는 것이다. 바쁠수록 망중한의 기술이 필요하다. 길모퉁이에서 쉬어 가는 인생이라 할지라도 결코 늦지 않다.

내복은 늦게 입고
늦게 벗어라

　여기 한낮의 날씨는 벌써 봄기운을 느끼게 한다. 바람의 느낌도 따스해지고 햇살도 포근해졌다. 이러다가 금세 꽃이 필 것 같지만 아직은 아침저녁으로 찬 기운이 앞뜰에 남아 있다.

　이럴 때가 감기 걸리기 딱 좋다. 기운이 풀렸다고 성급하게 두꺼운 옷을 벗어 버리면 기온 차이 때문에 감기 환자 대열에 동참할 수 있다.

　옛 어른들의 건강 비법에 '내복은 늦게 입고 늦게 벗어라.'는 표현이 있다. 늦가을에 날씨가 춥다고 해서 서둘러 내복을 입기 시작하면 한겨울에는 더 두껍게 입어야 한다. 이 뜻은 추위를 이겨 낼 저항력을 잃는다는 소리다. 그리고 봄소식이 왔다고 후딱 내복을 벗고 가벼운 차림을 했다가는 꽃샘추위에 덜덜 떨기 십상이다. 그래서 겨울옷은 늦게 입고, 늦게 벗어야 몸의 기온을 잘 유지할 수 있다. 이것이 감기를 예방하는 비결이다.

따라서 봄 날씨는 변덕이 심하기 때문에 성급하게 내복을 옷장에 넣어서는 안 된다. 환절기 감기는 삼동三冬 몸살보다 더 지독하고 오래간다. 한겨울보다 오히려 이런 봄날에 감기 조심을 더 많이 해야 하는 이유가 여기에 있다.

문제를 문제로
보지 않으면

어느 스승이 제자를 마당으로 불렀다. 그러고는 제자 앞에서 넓은 마당에 둥글게 원을 그려 놓고 "이 선을 넘어서도 안 되고, 그렇다고 이 선을 떠나서도 안 된다. 어떻게 이 원 안으로 들어갈 수 있겠느냐?" 하고 물었다.

그 말을 듣고 제자는 아무 말 없이 스승이 그려 놓은 선을 지워 버렸다. 이를 보고 스승이 크게 웃었다.

이 문답의 요점은 선을 지워 버리는 순간, 경계와 기준도 일시에 없어졌다는 것이다. 여기에서는 문제를 없애 버림으로써 해결의 답도 사라졌다. 문제 자체가 우리를 구속하는 경우가 많다. 때론 질문 자체를 부정하는 것이 또 다른 답이 될 수 있다. 선禪의 정신은 상대가 설정한 전제 조건을 거부하는 것에서 출발한다. 즉, 개념화된 답을 찾지 말라는 가르침이다.

인생의 정답은 어느 때 어느 장소에서 불시에 다가올 수 있다. 따라서 삶의 고민이나 문제를 혼자서 해결하려 하지 말고 자연이나 이웃에게 도움을 받아야 한다. 아름다운 풍경을 보면서 치유가 되거나 여행길에서 만난 어느 나그네가 던진 한마디가 해결의 실마리가 될 수 있기 때문이다.

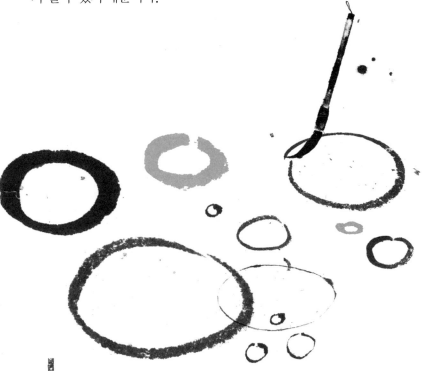

완벽한 봄날은 없다

봄날이지만 아직은 춥고 바람이 분다. 날씨만 화창하다면 봄꽃들이 앞다투어 필 것 같다. 그러나 바람 없는 완벽한 봄날은 일 년에 몇 번 되지 않는다.

날씨를 보면서 우리 인생사도 마음대로 안 된다는 생각이 든다. 뜻대로 안 되니까 고통과 번민이 따르는 게 아니겠는가. 문제없는 완벽한 삶은 존재하지 않는다는 위로다.

이처럼 불완전한 것이 인생이다. 중요한 것은 그것을 인정하는 태도에 달려 있다. 인생사는 해결할 수 있는 문제도 있고, 해결할 수 없는 문제도 있다. 그런데 언제나 완벽하게 해결하려고 하니까 더 괴롭다. 때로는 미완성 그 자체가 해결책이 되기도 한다는 뜻.

보답 릴레이

　친절을 입은 자는 다시 그 친절을 누군가에게 되돌려 줄 때 마음의 빛이 되지 않는다. 그러므로 은혜는 개인에게 다시 보답하는 것이 아니라 사회에 환원해야 한다는 뜻이 강하다. 누군가에게 받은 사랑이 있다면 그 마음이 릴레이가 되도록 행동을 이웃으로 확장하는 일이 진정한 의미의 보은이다.

꿩 수좌의 날갯짓

한번씩 산 꿩이 푸드득 날갯짓을 하며 상수리 숲을 차고 오른다. 이놈은 몸체도 아주 크다. 그 소리가 얼마나 힘찬지 온 숲을 쩌렁쩌렁 울리고도 남는다. 화두가 성성할 때는 이놈의 소리에 깜빡깜빡 화두를 놓친다. 간간이 졸음이라도 쏟아질라치면 "꿩 꿩" 하는 소리에 화들짝 잠에서 깨어난다. 아침 입선을 시작하면 어김없이 뒷숲에 나타난다. 그러고는 힘차게 소리를 낸다. 그럴 때마다 스님들은 "또 꿩 수좌가 왔군." 한다.

처음에는 정진에 방해가 되니 어디론가 쫓아 버리자는 의견도 있었지만 스님 몇 분이 "전생에 머리 깎고 정진하던 수좌의 후신인가 봐요. 그래서 못 다한 공부를 하기 위해 정진하러 온 모양입니다." 하여 그도 꿩 수좌가 되었고 함께 정진하는 일원으로 받아들였다. 차를 끓이는 다각茶角 스님이 날마다 율무 찌꺼기를 숲에 뿌려 준다. 그러면 꿩 수좌가 와서 깨끗이 공양한다.

공부를 게을리했던 어떤 수행자의 후신이라는 말이 꼭 사실 같다. 그래서 펑 수좌의 울음소리는 날마다 장군죽비 경책보다 더 따끔하게 다가온다.

이승의 곳간과 저승의 곳간

사람들은 두 가지 재산을 지니고 있다고 한다. '이승의 재산'과 '저승의 재산'이다. 이승의 곳간에 물건을 많이 갖고 있어도 저승의 곳간이 비어 있는 사람이 있고, 이승의 곳간은 초라해도 저승의 곳간이 풍요로운 사람이 있다.

전자의 경우는 욕심으로 가득 찬 사람이고 후자의 경우는 복을 짓는 사람이다. 저승에 갔을 때 자신을 위해 쓸 재산이 없다면 인생이 얼마나 초라하고 비참하겠는가.

저승의 재산은 죽을 때 가지고 가는 게 아니라 살아 있을 때 쌓아야 할 공덕 같은 것이다. 죽음을 준비하는 삶은 달리 없다. 이승의 곳간은 점점 비우고 저승의 곳간을 채우면 된다. 우리 시대의 스승 성철 스님은 "사람들은 소중하지 않는 것들에 미쳐 칼날 위에서 춤을 추듯 산다."라며 엄하게 꾸짖었다. 우리들은 재산, 명예, 지위, 권력, 애정 등이 소중하다고 생각한다. 그러나 이들은 영원하지 않으므로 진정 소중한 것이 아니다.

그렇다면 죽음을 준비하지 않는 자 누구인가. 소중하지 않는 일에 목숨 걸고 살아가는 인생이다. 이처럼 영원하지 않은 일에 정신이 팔려 우물쭈물하는 사이에 저승사자가 들이닥치면 어떻게 할 것인가? 정말 간이 졸아드는 일이다.

봄은 여기 매화가지 위에

불교에서 말하는 중도中道의 실천은 양극단으로 치우쳐 있는 잘못된 삶의 방식을 바로잡는다는 의미를 담고 있다. 그렇다면 중도적 삶은 현실과 타협하라는 의미가 아니라 대립과 분별을 떠나서 삶에 집중하라는 뜻이 더 강하다. 이렇게 매 순간마다 삶에 집중하는 자신이 될 때 현재 숨 쉬는 이곳은 모순과 갈등의 현장이 아니라 수용하고 해결해야 할 세계라는 것을 깨닫게 되는 것이다.

진종일 봄을 찾았건만 봄은 없었네.

산으로 들로 짚신이 다 닳도록 헤맸네.

지쳐서 돌아오는 길, 뜨락의 매화 향기에 미소 짓나니

봄은 여기 매화가지 위에 활짝 피었네.

어느 이름 모를 비구니의 오도송으로 널리 알려진 시詩다. 여기서 봄은 부처를 뜻하는 것일 테다.

온 힘을 다해 부처를 찾고 보니 멀리 있었던 게 아니고 자신이 바로 부처였음을 깨달았다는 내용이다. 깨닫고 보면 이 세상은 평등하고 조화로운 질서 속에 있는 것이다.

밖에서 구하면 구할수록 부처는 십만 팔천 리나 멀어지게 된다. 결코 진리나 깨달음은 멀리 있지 않다는 법문이다. 이와 같이 행복도 멀리서 찾으면 안 된다.

산수유 개나리 벚꽃

　우리 산사 주변에는 꽃 잔치가 한창이다. 산수유는 피었다가 졌지만 개나리와 벚꽃이 뒤이어 피고 있다. 복숭아와 살구나무도 꽃망울을 터트렸고 배꽃도 새잎이 움트는 중이다. 저 멀리 앞산의 산벚꽃이 연둣빛 신록과 어울려 물감을 풀어 놓은 듯 화사하다. 울긋불긋 꽃 대궐이다.

　이러한 자연의 질서를 가까이하고 있으면 생명의 신비는 그 어떤 종교보다도 엄숙하다는 걸 깨닫는다. 봄꽃들은 겨울을 이겨 내고 봄을 맞이한다. 인고의 과정을 무시하고 성급하게 피지 않는다. 무엇이든 단박에 되는 것은 없다. 노력과 반복이 삶의 질서를 완성해 준다. 봄꽃들이 서로 앞서겠다고 개화의 순서를 바꾼다면 자연은 심각한 홍역을 앓을 것이다.

　자연이든, 삶이든 본분에서 일탈하지 않을 때 비로소 아름답다.

인간 세상
호시절이 바로 이것

  뒷산 숲에는 진달래가 울긋불긋 채색하듯 피었고, 산수유와 생강나무 꽃도 숲길을 화사하게 만든다. 그래서 아침마다 꽃향기 따라 산책하는 발걸음이 가볍고 즐겁다. 때로는 바람결에 훈훈한 춘심春心이 인다. 바야흐로 세상은 한바탕 꽃 잔치를 열고 있다.

  여기저기 피어 있는 꽃들을 들여다보고 있으면 새삼 생명의 경이에 감탄하고 자연의 순리에 숙연해진다. 인간사의 욕심이나 명예도 인고를 견뎌 낸 개화 앞에서는 모두 부질없다. 그래서 송나라 때의 고승 무문 선사는 봄날 아침에 이렇게 노래했다.

> 봄에는 꽃이 피고 가을엔 달이 밝네.
> 여름엔 시원한 바람, 겨울엔 흰 눈.
> 부질없는 일로 가슴 졸이지 않는다면
> 인간 세상 호시절이 바로 이것이라네.

긍정 주파수

　우리의 의식 구조에는 긍정적인 주파수와 부정적인 주파수가 있다. 그런데 긍정적인 주파수가 강한 사람일수록 삶의 스트레스가 적으며 인생을 주체적으로 이끌어 간다고 한다. 이 말은 어두운 생각보다는 밝은 생각을 많이 하라는 뜻이다. 하늘에 구름이 모이면 비가 내리듯 어둡고 부정적인 마음을 키우면 힘들고 우울한 일이 그림자처럼 따른다.

　자신에게 힘든 상황이 닥치더라도 밝고 긍정적인 사고로 이끌어 가라. 그 일이 잠시 기분을 망치거나 마음을 상하게 했더라도 금세 본래의 마음으로 돌아올 것이다. 괴로움은 그 상황을 인정하기까지의 갈등이며 그 일에 대한 미련을 털어 내는 과정이다. 티베트의 스승 달라이 라마는 마음 수행에 대해 이렇게 법문하고 있다.

　"마음의 수행이란 긍정적인 생각들을 키우고 부정적인 생각들을 물리치는 일이다. 이 과정을 통해 진정한 내면의 변화와 행복이 찾아온다."

따져 보면 세상살이는 주어진 고통이 아니라 스스로 만든 고통이 더 많다. 자신이 불행하다고 생각되거나 일이 잘 풀리지 않을 때는 부정적인 마음을 가지고 좋은 결과를 바라고 있지는 않은지 스스로에게 물어봐야 할 것이다.

꽃이 피어서 봄이다

아침마다 산책길에 나서 보라. 자연이 우리에게 던지는 귓속말을 들을 수 있다. 인간에 견주면 자연은 얼마나 정직한가. 저들은 배신하거나 속이지는 않는다. 계절마다 자연의 신비를 우리에게 풀어 놓는다. 누구의 관심과 손길이 없어도 저 홀로 꽃이 피고 지기를 반복한다.

우리에게 선사들이 던지는 아주 오래된 질문이 있다. '꽃이 피어서 봄인가? 봄이 와서 꽃이 피는가?'

그대들은 어느 쪽인가. 입장에 따라 답이 다르겠지만, 나는 '꽃이 피어서 봄이다.'라는 진리를 믿고 싶다. 단순히 사월이라서 봄이던가. 춘절春節이 와도 개화가 없다면 어찌 봄날이라 말할 수 있으랴. 그러므로 꽃이 없으면 봄날이 아닌 것이다.

지금 그리고 여기

　우리 인생에서 보다 중요한 것은 자신을 둘러싸고 있는 인연을 돌아보는 일이다. 사람들은 지금 여기에서 찾아야 할 행복과 진실을 지금이 아닌 다른 곳에서 찾겠다고 헤맨다. 언제나 존재하고 있기 때문에 그 가치와 중요성을 잊고 지내기 일쑤다. 그래서 남이 가진 것은 크고 화려하게 보이고, 내가 지닌 것은 작고 초라하게 느껴진다.

　그러나 내가 지닌 조건이나 배경이 남들이 부러워하는 대상일 수도 있다. 그 사실을 알아차리지 못하면 현재의 삶에 불만을 가지게 되는 것 같다. 다시 말해 안에서 찾지 못하고 밖에서 구하게 되는 불만족의 삶을 살게 되는 것이다. 그러므로 각자의 삶은 절대 비교다.

출가는 삶의 쿠데타

　일상적인 삶에서 본다면 출가는 일탈과 파격이다. 그래서 출가하는 일을 여행하듯 계획을 세운다면 실패할 확률이 아주 높다. 출가할 시기는 먼 훗날이 아닌 지금이어야 한다. 머뭇머뭇하면 출가는 항상 현재의 일에서 밀려난다. 출가의 조건은 주어지는 것이 아니라 스스로 선택하는 것이다. 이런저런 이유로 출가의 조건이 형성될 때까지 기다리기만 한다면 그 인연은 이번 생에 오지 않을 수도 있다. 출가는 예약이나 정보가 필요 없다. 길을 나서는 순간이 바로 출가의 시작이다.

　나는, 어느 날 감행하는 '삶의 쿠데타'를 출가라고 정의하고 싶다. 예고 없는 자기 삶의 혁명이다. 그래서 자기 안에서 들리는 근원적인 인생의 문제에 대한 진지한 물음이 있을 때 가능하다. 즉, 안일과 타성에 젖은 삶의 자세를 주체적이고 창조적인 정신으로 순화하는 일이 바로 출가의 메시지다.

　그러므로 이러한 출가 정신은 승속을 떠나 일상의 삶 속에서 누구에게나 요구되는 자기 정체성에 대한 냉철한 물음이기도 하다.

만족의 반대말은 스트레스

욕심을 의미하는 한자 '욕憨'을 파자破字해 보면 계곡에 황금을 다 채워도 모자란 마음을 뜻한다. 욕심은 그만큼 만족할 줄 모르고 늘 부족하게 느낀다는 것이다. 인간의 욕심은 끝이 없다는 것을 함축하고 있는 글자다.

사실 지금의 우리들은 절대적 빈곤보다는 상대적 빈곤이 차지하는 비중이 더 크다. 이웃들과 집의 크기나 생활 수준을 비교하여 열악하면 심리적으로 가난하다고 생각하게 된다. 이 같은 상황에서는 스스로에게 만족하기 무척 힘들다.

하루의 삶에서 만족하면 약이 되지만, 그렇지 못하면 병이 된다. 그렇다면 만족의 반대말은 스트레스다. 우린, 만족하지 못해서 날마다 스트레스에 시달린다.

말의 화살

　말은, 입속에 담고 있을 때보다 입 밖으로 내뱉어서 후회하는 경우가 더 많다. 그래서 사회생활을 잘 한다는 것은 '말'을 다스리는 일과도 통한다. 잘못 쓴 글자는 지울 수도 있지만 말실수는 고칠 수 없는 것이다.

　우리 시대의 지성 법정 스님은 "침묵을 거치지 않고 입으로 쏟아 내는 언어는 한갓 공해에 지나지 않는다."고 했다. 이는, 침묵과 사유의 과정을 거쳐야 말도 고와진다는 뜻이기도 하다. 그럴 때 상대방의 마음을 상하게 하지 않는다.

　『법구경』에 이런 가르침이 있다.

　　말의 화살을 가벼이 던지지 말라.
　　한번 사람에게 박히면 그 어떤 힘으로도 뺄 수 없다.

　말의 역기능은 이처럼 심각하다. 함부로 말을 하는 자는 마치 칼을 아무렇게나 다루는 것과 같이 위험하다.

우리가 입으로 뜻을 전하는 언어는 가장 단순하고 낮은 말이
다. 좀 더 높은 것은 마음과 마음이 오가는 일이다. 신의와 진실이
없는 대화는 향기 없는 꽃과 같다. 자신의 주변에서 메마른 대화와
언어폭력이 얼마나 오가고 있는지 점검해 볼 일이다.

모과나무 아래에서

　만약 모과가 다른 과일처럼 달콤하고 예쁘기만 했다면 향이 그
토록 진할 수 있었을까? 다시 말해 맛없고 볼품없는 것은 단점이지
만 상큼한 향은 오히려 장점인 것이다.

　진한 모과 향은 어려운 상황을 극복하고 인고의 시간을 견뎌
온 값진 결과다. 저 길고 여린 가지로 여름날의 폭풍우에도 열매를
지키지 않았던가. 비록 그 모양 때문에 사람들의 눈길을 단번에 끌
지는 못하지만 모과는 그 단점을 향기를 통해 장점으로 승화시킨
것이다.

　세상의 꽃들과 나무들이 서로의 개성을 드러내는 것은 우열이
아니라 조화의 이치다. 이는 사람도 마찬가지. 서로의 능력과 재주
가 모두 다르다는 것을 우열의 잣대로 보아서는 안 된다.

　만약, 단점이 있는 사람이라 하더라도 그것을 보완하고 대신해
줄 또 다른 장점이 있게 마련이다. 이처럼 잘난 사람과 못난 사람의
차이는 근본적으로 없는 것이다.

우리 사회가 요구하는 개성은 서로 다른 조화를 말하는 것이지, 획일적인 독선이 아니다. 그러므로 현재 지니고 있는 자신의 개성을 존중하고 상대방의 장점을 이야기하라. 봄날 아침, 모과나무 아래에서 사람과 사물을 바라볼 때 단점을 들추기보다는 장점을 눈여겨보는 이치를 새삼 배웠다.

삶은 가위바위보 대결

　꽃이 피면 바람이 불고 달이 뜨면 구름이 끼기 마련이다. 어찌 세상일이 맑고 고요하기만 바랄 것인가. 이처럼 세상일은 내 뜻대로 안 될 때가 더 많으며 사람의 일을 크게 나누더라도 기쁨 반, 슬픔 반이다.

　우리 삶을 들여다보면 가위바위보 대결과 같다. 한번 질 때도 있고 이길 때도 있다. 연거푸 지는 것은 극히 힘든 확률이므로 성공과 실패의 사이클도 반복되는 법이다. 그래서 어제 힘들었다고 내일 또 힘들 것이라는 생각은 금물이다. 그래서 오늘은 이렇게 위로하자. 아무리 힘들어도 저 무덤에 누워 있는 것보다는 덜하지 않겠는가.

아내 있는
이 땅의 남자들에게

　오늘 장례식장에서 보았던 한 남자. 홀아비가 된 그는 아내 잃은 상처와 번민으로 불면의 밤과 명정酩酊의 시절을 보낼지 모른다. 아니면 매일 밤 아내를 그리워하면서 사연 많은 침상枕上의 일기를 쓰기도 할 것이다. 하지만 그게 무슨 소용이며 위안이 되겠는가.

　당나라 때의 시인 원진元稹은 아내 위씨韋氏가 죽자 그녀를 위해 추모 글을 지었는데 '이 밤이 새도록 눈을 뜬 채 지새워서 평생 이맛살 펴지 못한 당신에게 보답하려오.'라는 대목이 있다. 아내가 죽은 뒤 후회하고 가슴 치는 것은 그저 자신이 하는 자책이며 속죄일 뿐이다.

　그러므로 아직 상처喪妻하지 않은 이 땅의 남자들이여!

　서로 살 부비며 숨 쉬고 있을 때 후회 없도록 노력해야 하리. 이 세상을 하직하고 난 다음에 아내에게 올리는 제문祭文이나 추도사는 아무리 가슴 저미는 문장일지라도 소용없다.

삶이 지치고 힘들 때는
화장장을 가 보라

개똥밭에 굴러도 이승이 저승보다 낫다는 속담이 있다. 세상살이가 아무리 힘들어도 살아 숨 쉬고 있는 지금이 훨씬 소중하다는 뜻이겠다. 저승이 아무리 꽃길처럼 좋다한들 이승의 가시밭길보다 편하리란 보장은 없다.

눈 감고 죽으면 아무 소용없다. 그러므로 다소 모순과 고민이 있더라도 이승이 즐겁고 아름다운 법이다.

정말 죽고 싶을 만큼 삶이 지치고 힘들 때 가까운 화장장을 가 보라. 불 속에 들어가는 주인공은 뜨거워도 소리 지르지 못하며, 울고 싶어도 울지 못한다.

과연 편안해 보이는가? 화장장 화구火口의 온도는 최고 천이백 도까지 올라간다고 들었다. 죽지 않고서는 그 뜨거운 온도 속으로 뛰어들 사람은 아무도 없을 것이다. 그러니까 세상일이 아무리 고통스러워도 불 속보다 덜 뜨겁다.

때때로 이승의 삶이 무료하거나 단조롭게 느껴질 때마다 '저 천이백 도 불 속보다 낫다.'라고 스스로를 위로하면 다시 지금의 삶에 충실할 수 있을 것이다.

오늘이 가장 소중한 날

어제 하루 동안 수없는 이웃들이 세상을 떠났다. 지난밤 운명하신 분들은 간절히 기도하면서 하루를 더 살고 싶었을 것이다. 이 시간에도 병원 응급실에서는 촌각을 다투며 생사의 기로에서 가쁜 숨을 내쉬는 환자들이 많다. 그들 역시 하루를 더 소중하게 살고 싶어서 병마와 싸우고 있는 것이다.

어제 유명을 달리한 그 사람들이 그토록 소중하게 여기던 하루를 우리는 지금 숨 쉬며 살고 있다. 이 얼마나 감사하고 신비한 시간인가.

소는 윗니가 없고
호랑이는 뿔이 없다

　세상살이는 공평하다. 염일방일拈一放一이라는 말처럼 하나를 쥐면 하나는 놓아야 한다. 양손에 떡을 다 쥘 수 없다. 부자는 자식이 적고, 자식이 많은 집에서는 끼니를 걱정한다. 또한 벼슬이 주어진 자에게는 지혜가 없고, 지혜 있는 자는 세상이 알아주지 않는 법이다. 뭐든 두 가지를 다 가질 수 없다는 뜻. 소는 윗니가 없고 호랑이는 뿔이 없으니 하늘의 이치는 균등하다고 할 만하다.

　재물이 길흉화복을 결정짓는 것이 아니다. 인간의 일은 돈으로 살 수 있을지언정 하늘의 순리는 역행하지 못한다. 비록, 물질은 공평치 않다고 하나 그 내용은 공평하다. 그러니까 가난하다고 모든 일이 다 불행한 것이 아니라는 것을 상기할 필요가 있다.

어느 집안이든 화장실이 있다

내가 알고 있는 어느 신도의 할머니가 평소에 "어느 집안이든 화장실이 있다."면서 자신의 어깨를 다독여 주었다고 했다. 저택이든 오두막이든 화장실은 다 있다. 따라서 그 어떤 집안이든 냄새나고 골치 아픈 일 하나씩은 있다는 뜻이다.

누구나 그 속내를 들여다보면 즐거운 일만 가득 차 있지는 않을 것이다. 자신이 가진 고민만 크다고 말해서는 안 된다. 왜냐하면 우리 이웃들 모두는 그들만의 근심 걱정을 가지고 살기 때문이다. 그래서 이웃집의 행복만 부러워하지 말고 내 집에 이미 구족되어 있는 행복의 조건을 찾는 것이 훨씬 이성적인 행동이다.

세상에서 가장 강한 독

인간의 독이 제일 무섭고 독하다. 중국 배우 장쯔이가 주연을 맡았던 영화 〈야연〉을 보면 세상에서 가장 강한 독 이야기가 나온다. 황후가 황제를 암살할 독약을 구하기 위해 독약 판매상에게 사람을 보낸다. 그때 판매상은 대롱에 묻혀 귓속에 불어넣기만 해도 죽일 수 있는 치명적인 독약을 건네준다. 그런데 약을 구하는 사람이 이보다 더 강한 독약이 없냐고 물었을 때 이렇게 말한다.

"세상에서 가장 강한 독은 인간의 마음이다."

본래 독약이 있는 것이 아니다. 사람의 마음이 독약을 만들었다. 그러니까 세상에서 가장 강한 독약은 사람의 마음인 것이다. 동물에게 물린 상처는 시간이 지나면 아물지만 사람에게 해를 입으면 그 독은 쉽게 사라지지 않는다. 그 독을 제거하는 것은 '용서'이지만 사람이 화를 낼 때나 앙심을 품을 때의 독은 그 어떤 것보다 독성이 강하다는 것을 알아야 한다.

손빨래의 즐거움

빨랫감이 적어서 그렇겠지만 아직까지 나는 손빨래를 즐겨 한다. 비눗방울이 일 때마다 시꺼먼 때가 씻겨 나가는 것을 보고 있으면 마음까지 맑아진다.

어디 그뿐인가. 힘을 줄 때마다 빨랫감이 조금씩 줄어드는 것도 즐겁고 맑은 물에 설렁설렁 헹구는 기분도 좋다. 빨래하는 일이 크게 지루하지 않은 것은 이러한 일이 남의 일이 아니라 순수한 나의 일이 되었기 때문이다.

'남의 일'은 수동적 입장이지만 '나의 일'은 주체적 입장을 말한다. 그러므로 자신의 일처럼 한다는 것은, 현재 한 가지 일에 충실하는 자세를 말하는 것이다.

자신이 서 있는 자리에서 지금의 의미를 찾아내지 못하면 노예적인 삶이 되기 쉽다. 어떤 일에 정해진 의미는 없다고 본다. 그 일에 대한 진정한 의미는 자신이 부여하는 것. 따라서 모든 일을 '나의 일'로 전환할 때 그 일에 대한 가치와 의미가 자기 안에서 생겨난다.

빨래를 할 때마다 '깨어 있다'는 의미를 떠올린다.

깨어 있다는 것은 순간순간의 마음을 놓치지 않는 것이다. 누군가가 지금 하는 일에 열중하고 있다면 그 사람의 인생은 깨어 있는 것이다.

빨래를 할 때마다 '깨어 있다'는 의미를 떠올린다.
깨어 있다는 것은 순간순간의 마음을 놓치지 않는 것이다.
누군가가 지금 하는 일에 열중하고 있다면
그 사람의 인생은 깨어 있는 것이다.

우리 삶에서
가장 행복한 시절

　문득 여행을 나서기 전에 보았던 영화 〈행복〉의 줄거리가 떠올랐다. 예기치 않았던 시골 요양원에서 운명처럼 만나서 사랑을 시작한 두 남녀. 그들은 사랑의 기쁨과 설렘으로 서로를 돌보며 신혼의 단꿈에 젖는다. 그러는 동안 그들의 병은 점차 회복되었고 여느 부부처럼 행복했다.

　그러나 남자는 건강을 되찾게 되자 환락의 도시로 되돌아가게 되고 여자는 갑작스러운 이별의 충격으로 방황하게 된다. 두 사람은 그날부터 점점 병들어 간다. 남자는 술과 담배로 건강이 다시 망가져 갔고 여자는 불면과 외로움으로 삶을 포기해 가고 있었다. 결국 여자는 사랑하던 시절을 그리워하며 눈을 감고 만다.

　여자를 떠나보낸 남자는 폐인으로 변해 버린 자신과 마주하게 되지만 그를 치료해 줄 따뜻한 사람은 아무도 없었다. 이 영화를 보고 나면 누구나 깨닫는다. 우리 삶에서 가장 행복한 시절은 사랑할 때라고. 그들에게 사랑은 약藥이면서 독毒이 된 셈이다.

사랑은 이처럼 한 사람을 살릴 수도 있고 한 사람을 죽일 수도 있다. 이른바 사랑의 모순이다. 결코 사랑은 과거의 시점이나 추억의 독백이 되어서는 안 된다. 사랑할 수 있을 때 열정을 쏟아부어야 한다. 살아 있을 때가 전부가 되어야 후회도 미련도 없다.

복권에는 '복'이 없다

　당신들이 그토록 원하는 1등 복권에 당첨되었다고 해서 과연 만 가지의 행복이 금고처럼 든든하게 보장된다고 할 수 있을까?

　분명 그렇지는 않을 것이다. 왜냐하면 당첨된 시점부터 또 다른 고민이 삶 속에서 생겨날 것이니까. 돈을 어떻게 쓸까, 무슨 일을 할까 하는 여러 가지 생각으로 행복한 불면을 지새울 것이다. 그러나 이런 일도 돈을 관리하고 셈하는 일이 과제가 되면 스스로를 속박하고 구속해 버리는 꼴이 된다. 한마디로 행복의 조건인 돈 때문에 충분히 불행해질 수 있는 것이다.

　전 세계적으로 복권 당첨자들의 삶을 종합해 보면, 당첨 이전의 삶보다 훨씬 불행하다는 사실이다. 경제학자 잉글하트 교수는 개인 소득이 만 오천 불 이상이 되면 소득이 증가해도 행복지수가 더 이상 상승하지 않는다고 주장했다. 그러므로 물질의 충족이 가져다주는 행복의 한계는 분명한 것이다.

한 가지를 소유하면 열 가지의 근심이 생기는 게 우리네 인생이다. 돈은 행복의 필요조건이지만 그 돈 때문에 생기는 그늘은 불행이다. 물질이 행복의 전부가 되면 인생이 얼마나 쓸모없고 빈약하겠는가. 따라서 절대로 복권에는 복이 없다.

흔들리며 피지 않는 꽃이
어디 있으랴

선가禪家에서는 인생의 의미나 목적을 먼 곳에서 따로 구하려 한다면 평생 공부해도 진척이 없다고 말한다. 우리 자신들이 마주하는 현재의 모든 일이 실존을 확인하는 극적인 상황이며 조건이라고 보기 때문이다. 이 말을 달리 표현하면, 우리가 살아가는 순간순간이 깨달음의 현장이나 다름없다는 뜻이다.

결과적으로 우리 삶에서는 현재의 순간이 아주 중요하다. 지금을 놓치면 내일도 보장받을 수 없다. 그래서 현재 행복하면 지옥에 가더라도 행복하고, 지금 불행하면 극락에 가더라도 불행한 것이다. 인생의 시점은 언제나 현재에 고정되어 있어야 행복을 들여다볼 수 있기 때문이다. 그래서 당장 내 주변에서 일어나는 일을 외면하거나 두려워할 필요는 없다. 그 일은 나에게 주어지는 인생의 통과 의례 같은 것이라고 생각하면 된다.

흔들리며 피지 않는 꽃이 어디에 있겠는가.

동물들의 무덤

영국 출신의 극작가 조지 버나드 쇼는 '우물쭈물하다가 내 이럴 줄 알았다.'는 묘비명을 쓴 것으로 유명하지만 그가 채식가였다는 것은 잘 알려지지 않았다. 그는 이런 명언을 남겼다.

"우리 자신이 도살당한 동물의 무덤이나 다름없는데 어떻게 지구상에 이상적인 사회가 건설될 것인가? 나는 동물들의 친구다. 나는 나의 친구를 잡아먹지 않는다."

땅에 묻혀야 할 동물들의 시신을 먹고 있으니까 우리들이 결국은 동물의 무덤 역할을 하고 있다는 독설이다.

이슬람에서도 '너의 위胃를 동물의 묘지로 만들지 말라.'고 충고하고 있다. 이 한마디를 듣고도 식욕이 반감되지 않는다면 우린 너무 잔인하다.

흰 구름도 먹구름도
다 같은 구름

　누구나 즐거움을 바라지만 이러한 기쁨도 한쪽으로 치우치면 낙樂이 아닌 병이다. 기쁜 마음을 흰 구름이라고 한다면, 슬픈 마음은 먹구름이다.

　그러나 둘 다 구름인 것은 똑같다. 진정한 수행은 이 구름을 걷어 내는 일이다. 그렇다면 기쁨과 슬픔도 그림자일 뿐 본래 마음은 아닌 것이다. 구름 없는 맑은 하늘이 본래 마음이다.

세상에서 가장 가난한 사람

도종환 시인은 '사랑은 어떻게 오는가'라는 시에서 이렇게 표현했다.

시처럼 오지 않는 건 사랑이 아닌지도 몰라
가슴을 저미며 오지 않는 건 사랑이 아닌지도 몰라
눈물 없이 오지 않는 건 사랑이 아닌지도 몰라

누구나 사랑을 하게 되면 시인이 되고 그 사람을 향한 그리움은 시詩가 되어 살아난다. 시인처럼 말을 한다는 것이 아니라 가슴이 시인이 된다는 뜻이다.

그래서 사랑을 하면 두 사람이 주고받은 연서戀書는 그 어떤 명시名詩보다 아름다워진다. 그리고 사랑은 가슴 저미며 다가온다. 더군다나 그 사랑이 이루어질 수 없는 아픈 사랑이라면 날마다 불면의 밤을 동반한다. 그러나 그 사랑이 비록 혼자만의 사랑일지라도 누군가를 사랑하고 있을 때처럼 아름다운 시절은 없다.

가슴 뛰는 사랑을 할 수 있는 것은 우리 생애에서 그리 흔한 일이 아니기 때문이다. 또한 그런 사람을 만났다는 것은 삶이 우리에게 가끔 주는 선물이다.

우리의 심장 박동을 빠르게 하는 그런 사람을 만나라. 이 세상에서 그 누구도 사랑한 적 없어서, 한 번도 사랑받지 못한 사람이 가장 가난한 사람이다.

정상에 서 있을 때가
가장 위험하다

자신의 인생이 가장 정점일 때 돌아보지 못하고 앞으로만 달려가는 사람들을 보면 취모검의 꿀을 탐내는 어리석은 여우 생각이 난다.

취모검吹毛劍은 실을 올려놓고 훅 불면 칼날에 실이 끊어져 나갈 정도로 뛰어난 보검을 일컫는다. 이 예리한 칼끝에 묻은 꿀이 달콤하여 조금씩 핥아 먹다가 결국 혀를 잘리고 마는 여우처럼 우리 주변에도 이 같은 사람들이 많다. 몰래 한 번만, 또 한 번만 하다가 권력과 애정의 맛에 자신도 모르게 취하게 된다. 그러다가 명예를 더럽히고 몸을 다친 이들이 얼마나 많은가. 이처럼 권력과 재산은 욕심을 부리면 부릴수록 그 부작용이 그림자처럼 뒤따라서 자신과 사회를 어둡게 만든다.

그러므로 우리 삶에서 무엇이든 정상에 서 있을 때가 더 위험하고 함정이 많다는 것을 알아차려야 한다. 다시 말해 부귀와 영화가 주어졌을 때 더 청빈하고 겸허해야 된다는 뜻이다.

생각해 보라. 일이 뜻대로 잘 되지 않을 때는 매사 조심하고 점검한다. 그러나 일이 술술 잘 풀릴 때는 마음의 긴장이 느슨해지고 방심과 자만이 생기게 된다. 이런 마음의 틈을 경계하고 살피는 지혜가 우리 삶에서는 퍽 중요하다.

꽃을 심고
흙을 만지는 일

　이번에 집을 고치면서 화단도 넓히고 나무도 심었다. 올봄에는 상사화와 모란을 구해 와서 우리 식구로 만들었는데 내년에는 단단히 뿌리를 내릴 것이다.

　우리 정원에 라일락 꽃이 피면 '꽃은 진종일 비에 젖어도 향기는 젖지 않는다.'는 어느 시인의 말을 이웃에게 전해 줄 생각이다. 사람 사는 일이 명예를 드높이고 돈 버는 것이 전부는 아닐 것이다. 꽃을 보고 구름을 만나고 흙을 만지는 일도 중요한 가치 가운데 하나이다.

　인생의 관심이 온통 재화에만 집중되어 있다면 그 사람은 자신이 지닌 아름다움을 잊고 사는 삶일 것이다.

행복이 무어냐고 물으신다면 1

프랑스의 어느 정신과 의사가 불행의 원인을 알고 싶어서 세계를 여행하는 내용의 책을 읽은 적이 있다. 그 의사는 중국에서 어떤 노스님을 만나서 사람들이 행복하지 못한 이유를 질문하게 된다. 그때 그 노스님의 법문이 기억에 남는다.

"사람들이 행복하지 못한 것은 그 행복을 목표라고 믿기 때문이다."

이 대답 속에 우리가 왜 행복하지 못한 것인지 알 수 있다. 행복이 목표가 되면 그 과정은 무의미해진다. 그래서 행복은 미래의 목표가 아니라 지금 누려야 할 대상인 것이다. 행복이란 만들어 가는 것이 아니라 행복을 느낄 수 있는 조건들을 발견해 가는 것이어야 한다. 따라서 우리는 일상에서 행복으로 향해 가는 태도보다는 행복으로 가는 길에 방해되는 요소들을 제거해 가는 노력이 필요하다.

2장

—

여기에서

잃어버린 고무신

비가 쏟아지는 날 수련생들과 산행을 갔다. 계곡물이 갑자기 불어나 모두들 조심조심 냇가를 건너고 있었다.

그때 뒤에서 따라오던 한 수련생이 센 물살에 고무신 한 짝을 흘려보내고 말았다. 잠시 후 남은 고무신 하나마저도 물살에 떠내려갔다. 신발을 잃어버린 그 사람이 맨발로 걸어오면서 말했다.

"하나를 잃어버렸을 때는 가지고 있는 하나는 지켜야지 했는데, 두 쪽 다 버리고 나니 정말 마음이 편합니다."

사월 초파일

사월 초파일은 신록이 번지는 오월이라서 더욱 좋다. 숲의 그늘이 깊어지고 햇살이 눈부시게 아름다운 계절이 바로 이날이다. 또 뜰에 피어나는 불두화 향기는 어떤가.

봄꽃이 시샘이라도 하듯 피었다면, 오월의 꽃은 수행자처럼 청빈하고 선명하다. 뒷산의 숲은 파릇파릇 생기가 돌고 색깔은 온통 연둣빛 채색이다.

만약 여래如來가 이 아름다운 오월에 오시지 않았다면 봉축의 기쁨은 반감되었을지 모르겠다. 수많은 사람들이 이날을 기억하고 축복하는 것은 단순히 한 인간의 탄생 때문이 아니라 우리들에게 밝은 길을 열어 준 원년이기 때문이다. 우리의 존재 양식과 인간의 길을 보여 준 위대한 성인이 이 세상에 오셨다는 뜻이다.

이런 까닭에 사월 초파일은 자기 안에서 그분의 존재를 확인하는 그런 성스러운 날이다.

만약 여래如來가 이 아름다운 오월에 오시지 않았다면

봉축의 기쁨은 반감되었을지 모르겠다.

수많은 사람들이 이날을 기억하고 축복하는 것은

단순히 한 인간의 탄생 때문이 아니라

우리들에게 밝은 길을 열어 준 원년이기 때문이다. 우리의 존재 양식과

인간의 길을 보여 준 위대한 성인이 이 세상에 오셨다는 뜻이다.

내가 세상에 온 이유

　흔히 부처님을 여래如來라고 존칭하는데, 이 표현 속에는 '원력으로 오신 분'이라는 의미가 담겨 있다. 원력으로 오셨다는 의미를 새삼 생각해 보아야 할 것 같다. 우리 중생들 가운데 이 세상에 태어날 때 자신의 뜻에 의해서 온 사람은 아무도 없을 것이다.

　이렇게 자신의 의지와 상관없이 전생의 업연에 의해서 태어나는 것을 '업생業生'이라고 하며, '업의 인연에 이끌려 이 세상에 온 사람'이라는 뜻을 지니고 있다.

　그러나 부처님이 이 세상에 오신 것은 '원생願生'이다. 중생들을 제도하기 위한 원력을 가지고 이 사바세계에 오셨다는 의미다. 이는, 분명한 목적과 사명을 가지고 사람으로 태어나신 것이라고 할 수 있다. 우리들이 업력에 의해서 떠밀리듯 세상에 태어난 것과는 아주 대조적이다.

하루하루를 엉뚱한 일로 귀중한 인생의 시간을 허비하고 있다면 이 사람은 세상에 태어난 본래의 목적에서 멀어진 삶을 살고 있는 것이다. 그런 뜻에서 사월 초파일에 연등 하나를 켤 때마다 이 세상에 태어난 인생의 몫을 다하고 있는지 질문해 보아야 한다.

화장실을 부르는
여섯 가지 말

　일본에서는 화장실을 한가하게 지내는 곳이라는 뜻에서 한소 開所라고 부르며, 프랑스에서는 변기 모양을 빗대어 구멍 뚫린 의자라고 하며, 이탈리아에서는 단정한 몸가짐의 방이라고 한다. 또한 유럽과 미국에서는 여유롭게 상념에 잠긴다고 하여 시인의 자리라고 부른다. 그리고 어떤 이는 화장실을 일 점 오 평의 작은 우주라고 했는데, 격식과 체면을 벗어 놓을 수 있는 화장실이야말로 진정한 자유를 만끽할 수 있는 자신만의 공간이기도 할 것이다.

　불교에서는 이곳을 해우소라 부른다. 근심과 걱정을 버리는 공간이란 뜻. 우리네 마음에 번뇌가 있다면 원앙금침과 산해진미가 어찌 위로가 되겠는가. 이런 점에서 일상에서 버린다는 것은 집착하지 않는 연습을 하라는 가르침이다. 날마다 배설하듯 욕심과 근심을 비워 버린다면 그 자리가 극락이고 천국일 것이다.

오솔길 등산

아침마다 법당 뒤로 나 있는 오솔길을 따라 등산을 즐기고 있
다. 뒷산의 정상까지는 쉬엄쉬엄 올라도 삼십 분이면 충분하다. 산
을 한 바퀴 돌고 나면 저조하던 몸의 기운도 살아나고 때로는 후줄
근하던 기분도 아주 밝게 펴지는 듯하다. 녹음의 그늘이 넉넉해진
숲 속에서 아카시아 향기를 감상하는 일도 즐겁고 산모퉁이를 돌
면서 만나게 되는 휘파람새와 소쩍새의 음성도 반갑다.

혼자 산길을 걷노라면 어쩐지 지금의 내 수행길 같아 유유자적
한 선열禪悅에 젖기도 한다. 이런 탓으로 요즘의 내 사고가 많이 달
라지고 있다. 그동안 크게 움직이는 것을 싫어했는데 지금은 땀 흘
릴 정도로 움직이는 일도 겁내지 않는다. 바로 마음을 바꾸었기 때
문이다.

'땀 흘리는 일은 모두가 수행이고 운동이다.'

힘든 일을 할 때나 자동차 없이 걸을 때에도 이렇게 마음을 고
쳐먹으면 힘들거나 지치지 않는 게 참 신통하다. 마음의 기준이 달
라지면 삶의 자세가 달라진다.

죽음과 위기의 공통점

살다 보면 한순간의 방일한 마음이 마魔를 불러들이고 화禍의 원인이 되기도 한다. 잠깐 한눈을 팔 때 그만큼의 허점과 빈틈이 드러난다는 뜻이다. 불행과 사고는 항상 이때를 노리고 있다. 그래서 죽음과 위기는 예고하지도 않고 소리도 내지 않는다. 그냥 보이지 않는 뒤쪽에서 살금살금 다가오는 것이다. 그러다가 어느 날 갑자기 뒤통수를 툭 친다.

그러므로 불시에 닥친 불행이 있다면 그 이면에는 반드시 경솔하고 방심한 생활이 있었을지도 모른다. 이러한 가르침은 삶의 비즈니스에도 똑같이 적용된다. 안일과 타성에 젖어 철저한 관리를 하지 않으면 그 틈을 이용해 위기와 장애가 침범한다. 그러므로 잘 풀릴 때 오히려 조심하고 정신을 바짝 차려야 성공한 비즈니스의 삶이다.

내 삶의 주인공 되기

우리 인생이 고정되어 있거나 박제되어 있다면 각자의 개성이나 매력은 사라지고 삶의 생동감도 없을 것이다. 그러므로 삶의 주변에서 일어나는 일들에 대해 눈과 귀를 열어 놓아야 한다. 그럴 때 비로소 살아 숨 쉬는 것을 느낄 수 있을 것이다.

지금 우리가 방황하고 망설이고 있는 순간에도 시간은 흘러가고 있다. 삶의 주체가 되지 못하면 그 시간은 허비하는 시간이지만, 삶의 주체가 되면 그 시간도 내 삶의 한 부분이 된다는 사실이다.

그러므로 우리 자신이 주인공이 되어야 할 것이다. 당나라 때의 고승 임제 선사는 '수처작주隨處作主'의 삶을 강조했다. 언제 어디서건 주인공이 되라는 것은, 솔직하고 생동감 있는 삶을 요구하고 있는 것이다.

그렇다면 어떤 것이 살아 숨 쉬는 '활발발活鱍鱍'한 인생인가. 그것은 어떤 경우에도 자신을 잃어버리지 말고 상황에 끌려다니지 않는 삶을 말한다. 지금, 숨 쉬고 있는 이 순간에 초점을 맞추면 시간은 살아서 춤춘다. 그럴 때 비로소 삶의 주인이 될 수 있다.

빗소리가 떠나간 자리처럼

비 개인 뒤 산을 바라볼 수 있는 것도 산거가 주는 즐거움이다. 먼 계곡에서 피어오른 안개가 산자락을 휘감아 도는 정경은 봄비 내린 산사에서만 누릴 수 있는 안복眼福임에 틀림없다. 마치 한 폭의 산수화를 마주하고 있는 듯한 풍경이 펼쳐진다.

우리 삶에서 만날 때보다 더욱 친절한 이별을 준비하는 것은 결코 쉽지가 않다. 그리고 시작보다 더 아름다운 결과를 만드는 일도 어렵다. 새삼스러운 말이지만 한 사람이 차지하는 공간의 범위와 정신의 무게는 그가 떠나간 뒤에 확연히 다가오는 법이다. 그러므로 만남의 설렘보다는 이별의 아쉬움이 더 크기 마련이다.

따라서 헤어짐이 거추장스럽거나 추하게 변질된다면 담백한 사이라고 할 수 없다. 빗소리가 떠나간 자리에는 이별의 아픔이나 상처는 없다. 오히려 그 이별이 일상을 더욱 빛나게 하고 싱그럽게 해 준다.

우리 인생사도 떠난 자리가 더 아름다울 수 있도록 스스로의 삶을 가꾸어야 한다. 비의 속성에서 '아름답게 떠나는 일'을 배운다.

백 년 후에는 아무도 없다

　살아가는 과정 속에서 가까운 사람들과 사소한 문제로 다툴 때가 많다. 부부와 가족들, 친구나 연인 등에게 서운한 감정을 느낄 때도 있다. 이런 작은 미움이나 오해가 쌓여서 친구들과 멀어지기도 하고 사랑하는 사이와 이별하기도 한다. 상대방이 미워지고 원망스러울 때 '백 년 후에는 이 세상에 아무도 없다.'는 가르침을 가슴에 담아야 한다. 왜냐하면 아무리 미운 사람일지라도 백 년 후에는 이 세상에 없을 것이기 때문이다.

　결코 길지 않는 그 세월을 미워하면서 생을 살아간다는 것은 시간 낭비에 가깝다. 우리가 살아가면서 해결할 수 있는 것은 해결하고, 그렇지 못한 것은 그냥 두는 것도 좋다. 시간이 지나면 저절로 지나가거나 해결되는 것을 당장 해결하려고 애쓰면서 에너지를 낭비하고 다툼까지 갈 필요는 없다.

　'언젠가 이 세상에 없을 사람'이라고 생각하면 원망도 미움도 사라질 것이다. 그 어떤 것도 어느 순간이 되면 나와 작별한다.

그렇다면 아옹다옹 미워할 이유가 없어진다. 먼 훗날 보고 싶어도 만날 수 없는 내 곁의 사람들을 사랑할 줄 알아야 한다.

저마다 앉을 자리는 따로 있다

그저께는 정원을 다듬고 난 뒤에 남은 돌을 그냥 두기가 아까워서 산신각 뒤에 야트막하게 축대를 쌓았다. 덕분에 어지럽던 뒤쪽이 깔끔하게 정리되었는데, 이 일은 석공의 힘을 빌리지 않고 어깨너머 배웠던 내 솜씨를 발휘한 것이다. 들쑥날쑥하고 울퉁불퉁한 돌을 앞줄 아귀를 맞추어서 놓으니까 반듯한 모양새가 되었다. 아주 못생긴 모양이라서 석공 손에서 천대받았던 돌이 나를 만나서 비로소 쓰임새가 있게 된 셈이다.

네모진 돌이든 세모진 돌이든 저마다 앉을 자리가 따로 있는 것 같다. 이런 일을 하면서 담장을 쌓는 데는 크고 작은 돌과 모나고 둥근 돌이 다 필요하다는 것을 새삼 배웠다. 어떤 생김새든 저마다의 쓰임이 따로 있는 것. 여기에 조화와 균형의 비밀이 숨어 있다.

우리나라 부자들의 공통점

　　우리나라 명문가 부자들의 공통점을 조사하였는데 그 가운데 '아내를 존중한다.'는 대답이 있었다. 이는 가정에서부터 모든 일이 시작된다는 의미도 있지만 그보다 부인의 역할을 인정해 준 것이다.

　　우리는 종종 부인의 조언을 무시하고 독단적으로 사업을 진행하여 실패한 이웃들을 많이 보아 왔다. 가장 가까운 사람의 충고를 듣지 않는 남자는 자기 아만에 빠져 현재의 위험을 인식하지 못하기 때문이다. 그래서 때론 부인의 안목을 참고하거나 신뢰하는 것도 부자의 비결에 해당하는 것이다.

　　명리학에 의하면, 재복과 처복妻福은 함께 따른다고 한다. 그러니까 재물 없는 사람은 마누라 복도 없는 것이다. 이렇게 따진다면 부인은 재물을 쥐고 있는 복덩어리가 아닐 수 없다. 결국 부인을 업신여기고 무시하면 스스로 재복을 발로 걷어차는 것과 똑같다.

　　그러므로 재테크에 성공하려면 부인을 소중하게 여기는 것이 우선일 것 같다.

자귀나무 꽃 필 무렵

　여름에 피는 야생화 가운데 자귀나무 꽃을 유독 좋아한다. 그래서인지 넓은 정원에 키 큰 자귀나무가 심어져 있으면 주인의 품성이 전해져 발길을 멈추게 된다. 또한 여행을 하다가도 들에 자생하는 자귀나무 꽃을 보면 나도 모르게 눈길이 간다. 자귀나무 꽃은 붓 끝을 풀어 물감을 들인 것같이 아름답다. 그래서 멀리서 보아도 시선을 사로잡는 매력이 있다.

　어느 시인은 '오늘 밤도 자귀나무 꽃등에 하나둘 유순한 사모의 불 켜지고'라고 읊었다.

　아마도 이 시인은 마음에서 지우지 못한 어떤 그리움이 있었나 보다. 나 또한 초여름에 자귀나무 꽃이 피기 시작하면 마음이 설레기 시작한다. 참 이상도 하지, 첫사랑의 감정처럼 분홍빛 그 빛깔에 스르르 매료된다.

　한가한 여름날, 자귀나무 꽃은 그저 무심하게 피는데 나 혼자서 괜한 격정과 열정으로 그를 사모하고 있다.

너무 가까이 있어서
몰라보는 것들

불교에서는 완벽한 세상을 '도솔천'이라고 한다. 이 말 속에는 '지족知足'의 의미가 담겨 있다. 이런 뜻으로 보면 완벽한 세상은 만족할 때 이루어지는 세계라는 것이다. 즉, 만족할 줄 아는 삶이 우리가 꿈꾸는 행복한 인생이라는 말과 다르지 않다.

혹여나, 이생을 살고 있으면서 타인의 삶을 부러워하거나 자신에게 주어진 삶의 조건에 대해 불만을 가진 적이 있는가? 그렇다면 자신의 품에 행복을 보듬고 있으면서 또 다른 행복을 찾아가기 위해 망설이고 있는 것은 아닌지 돌아보라. 우리가 동경하는 완벽한 세상은 따로 건설되어 있는 것이 아니라 우리 자신이 숨 쉬는 이곳일지도 모른다. 우리는 때로 너무 가까이 있어서 그 존재와 가치를 모를 때가 더 많은 것 같다.

잘나갈 때는
발밑을 살펴라

　누구나 어느 정도 성공하기까지는 성실하고 근면한 마음으로 기업을 경영하지만 그 성공에 만족하지 못하고 욕심을 부리면 파산의 위험에 직면할 수 있다. 그러므로 출세할수록 자만은 멀리해야 할 대상이다. 즉, 부귀영화가 충만하고 자신을 향한 찬사가 쏟아질 때 스스로의 분수를 지킬 줄 알아야 한다. 그래서 아집과 자만이 자신을 망칠 수 있다는 것을 일상에서 살피고 경계해야 하는 것이다.

　스님들이 공부하는 선실禪室 기둥마다 '조고각하照顧脚下'라는 글귀가 붙어 있다. 머리 숙여 자신의 발밑을 살피라는 뜻이다. 이처럼 수행자에게도 자만과 방심은 금물인데 하물며 범인凡人은 말해 무엇하랴.

예고 없는 만남

어떨 때는 하루 종일 대문 빗장을 걸고 나만의 시간을 즐기고 싶을 때가 있다. 불쑥불쑥 방문하는 손님들로 인해 한적한 고요가 방해받을 때도 많다.

손님이 한나절의 한가를 얻을 때 주인은 한나절의 한가를 잃는다는 옛말이 있다. 손님과 주인의 입장 차를 말한 것이다. 맞이하는 입장과 방문하는 입장은 반대적인 상황이다. 그래서 손님을 맞이하는 주인은 그로 인해 일상에 방해를 받기도 한다.

어제도 오후에 풀 뽑는 일을 하고 있는데 예고 없이 손님이 방문했다. 일을 하다가 손을 놓을 수도 없고, 그렇다고 손님을 우두커니 세워 놓을 수도 없었다. 이런 경우는 일의 흐름이 중단될 수밖에 없다. 그러므로 불쑥불쑥 남의 집을 방문할 일은 아니다. 일상적인 범속한 만남은 때때로 시간 낭비이며 무례일 수도 있으니 말이다.

모기에 물리는 건 축복

한밤중에 깨어나서 기침을 하는 것은 성가신 일이다. 그러나 잠자는 시간에 일어나 기침하는 것은 살아 있다는 증거다. 사소한 일에 귀찮은 마음이 생기면 그 사소한 일을 내 생애의 마지막 일이라고 생각해 보라. 그 사소한 기침이 오히려 고맙게 느껴질 것이다. 살아 있으므로 자질구레한 일이 따른다.

일본의 어느 하이쿠 시인은 '얼마나 운이 좋은가. 올해도 모기에게 물리다니!' 하며 하루의 삶에 감사했다.

살아 있으니까, 모기에게도 물린다. 자신의 생애에서 내년 여름을 만나지 못하면 모기 때문에 고생할 일은 없을 테다. 그러므로 살아 있는 것 자체가 충분한 축복이다.

후회도 미련도 없는
나팔꽃 인생

　누구나 알듯 나팔꽃은 아침에 피었다가 저녁에 지는 꽃이다.
그러므로 그의 일생은 단 하루가 전부다. 그렇기 때문에 나팔꽃의
개화는 가장 눈부신 삶의 절정인 것이다. 따라서 나팔꽃이 가슴 시
리게 청초한 것은 너무나 고귀한 그의 생애 때문이다. 초여름에 피
기 시작하여 초가을까지 피고 지는 나팔꽃. 그래서 가을 아침에 이
슬을 머금고 피어 있는 나팔꽃은 더욱 애달프고 선명하다. 대신 나
팔꽃은 그 하루를 가장 화려하고도 소중하게, 후회 없이 살다 가는
것이리라.

　찰나를 놓치면 전부를 놓치는 것이다. 그러므로 그 변화 속에
숨을 쉬며 살아야 한다. 그럴 때 비로소 내 삶을 더 사랑할 수 있다.
나에게 주어진 하루를 나팔꽃 피듯 열정을 다 쏟아부어라. 그러면
후회도 미련도 없는 삶을 살게 될 것이다.

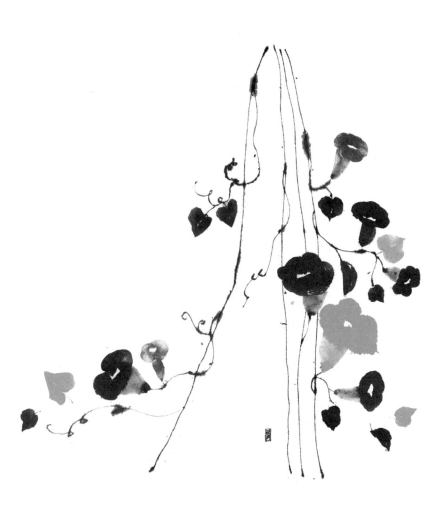

누구도 영원히
살지 않는다

　병원에서 환자를 위로하고 돌아오면 건강한 육신이 고맙기도 하지만 미래에 다가올 나의 고통일 수 있다는 것을 실감한다. 삶의 본질과 겸손을 병원에서 배우는 것이다. 우리 주변의 이런 모습들은 삶의 유한성을 자각하게 하는 평범한 진리다.

　셈을 해 보자면 우린 하루하루 죽음과 가까워지고 있다고 봐야 한다. 그러므로 죽음이 멀리 떨어져 있다고 생각하는 사람은 절대 자신에게 충실할 수 없다.

　평소에는 늙고 병들고 죽는다는 것을 자신의 일로 받아들이지 않고 남의 일로 여기며 살아가고 있다. 그러다가 막상 그 일이 닥치면 준비 없었던 삶을 후회한다. 마치 영원히 살 것처럼 방만하게 살아왔던 자신의 인생과 마주하면서 때늦은 반성을 하지는 않는가.

　티베트에 불교를 전파한 위대한 성자 파드마 삼바바는 이렇게 경고하고 있다.

시간이 많이 남았다고 믿는 사람들은

죽음이 임박해서야 비로소 준비를 시작한다.

죽음이 닥치면 그들은 회한으로 인해 날뛰게 된다.

그러나 때는 이미 늦지 않았는가?

우윳빛 치자 꽃의
은밀한 향기

　간밤에 가랑비가 내리더니 아침의 숲이 더욱 싱그러워졌다. 옛글에 '세우細雨가 한차례 지나가더니 숲이 살쪘다.'는 표현이 있는데 그만큼 여름비는 숲을 울창하고 풍성하게 하는 약수나 다름없다.

　여름날의 녹음과 마주하고 있으면 저절로 눈이 시원하고 맑아진다. 송대宋代의 어느 시성詩聖은 대숲에 바람 일렁이는 날에는 보던 책도 던져두고 팔베개하고 누워 맑은 하늘과 흐르는 구름을 보면서 하일夏日의 적요를 즐겼다고 한다.

　옛 사람의 즐거움은 그랬다 하더라도 나는 며칠 전부터 화분에 심어 놓은 치자 꽃이 피어서 그 주변을 서성이는 일이 즐겁다. 치자 향기는 결코 자극적이지 않지만 그렇다고 희미하지 않아서 더욱 매력이 느껴진다. 살포시 감춘 듯이 드러나는 은밀한 향기에 눈길이 자꾸 간다.

꽃잎의 빛깔을 무엇이라 표현해야 할까?

흰빛이지만 흰빛이라고 단정하기엔 무언가 아쉬움이 있다. 그냥 흰빛이라고 하면 고결함이나 순수함이 사라지기 때문이다. 그런데 어떤 책에서 치자 꽃을 우윳빛이라고 적은 것을 보고서 그 표현에 손뼉을 친 적이 있다. 그 우윳빛의 순결한 자태가 바로 치자 꽃이다. 이런 치자 향기를 내 둘레에 둘 수 있어서 요즘의 일상이 새삼 행복하다.

인생의 전환점

우리는 너무 고정된 방식대로 살아가는 데 익숙해져 있다. 변화와 변수를 수용해야 인생의 전환점을 만나게 된다. 일상에서 예기치 않은 일이 생기더라도 귀찮아하지 말고 적극 수용하는 태도가 필요하다.

또한 아직 다가오지 않은 일에 대해 너무 걱정할 필요가 없다. 그 걱정 때문에 여행길의 묘미를 놓친다. 삶에 대한 순발력은 책상이 아니라 현장 속에서 발휘되는 경우가 많다. 그러므로 생기지도 않은 일을 미리 염려하면서 시간을 보내는 것은 리얼리티한 삶의 자세가 아니다. 준비와 대비는 해야 하지만 걱정은 닥친 다음에 해도 늦지 않다.

부자도 세끼,
가난뱅이도 세끼

　수십 채의 집이 있더라도 잠잘 때는 방 하나면 충분하고, 제아무리 떵떵거리는 땅 부자라도 하루에 먹는 밥은 기껏해야 세 그릇이다. 어디 억만장자라고 해서 하룻밤에 천 칸의 방이 필요하겠는가. 이는 만승천자라도 불가능한 일이다. 수십 층 빌딩의 주인이라고 객실 전체를 다 사용하는가? 절대 아닐 것이다.

　그러므로 가난하다고 해서 부자를 부러워할 것은 없다. 돈 내고 잠자는 손님이 그날 밤은 주인이다. 부자도 세끼, 가난뱅이도 세끼면 족하다. 어떤 마음으로 살고 있는가의 문제가 중요하다. 옥침을 베고 누웠더라도 근심 있으면 가난뱅이보다 못한 부자요, 팔베개를 하고 자더라도 걱정 없으면 부자보다 행복한 가난이다. 사는 근본은 똑같다. 그저 재산이 많고 적고의 차이뿐이다.

더위와 하나가 돼라

중국의 동산 스님에게 길 가던 나그네가 "어떻게 하면 무더위를 이길 수 있습니까?" 하고 물었단다.

그때 동산 스님이 내린 법어는 "그대 자신과 더위가 하나가 되어라."는 것이었다. 나 자신과 더위가 별개의 일로 떨어져 있으면 더위는 언제나 외부의 조건이 되어 그 일에 끌려다니게 마련이다. 그래서 더위와 나 자신이 하나가 된다는 것은 상대적 개념을 떠나라는 가르침이다.

우리는 대부분 더위를 이기는 방법으로 피서를 택하고 있지만 옛 선사들은 이처럼 망서의 방법을 실천하고 있다는 점이다. 더위를 피하는 것은 자신의 몸과 마음이 주체가 아닌 환경의 힘을 빌리는 수동적 입장이지만, 더위를 잊는 것은 몸과 마음이 주체가 되어 환경의 힘을 이끌어 가는 능동적인 방법을 말한다. 더위가 없는 곳이란 추위와 더위를 느끼고 인식하는 분별을 텅 비워 버린 상태다.

결코 더위를 회피하거나 도망 다니면 그 자체가 더위를 가중시킬 뿐 해소되지 않는다. 무더위를 인정하면 짜증이 덜하고, 더위를 거부하고 피해 다니면 언제나 무덥고 괴롭다. 그리고 현재의 상황에 더 극한 개념을 대입하는 방법도 무더위를 잊고 지내는 지혜이다. 예를 들면, 땀이 줄줄 흐를 때 시원한 에어컨을 떠올리지 말고 더 뜨거운 용광로를 생각한다면 현재의 더위는 별것 아닐 것이다.

이렇게 우리 자신과 더위가 하나가 된다면 더위는 더 이상 기승을 부리지 못할 것 아니겠는가. 그렇다면 지금, 어떤 방법으로 이 여름을 보내고 있는지 궁금하다.

이름 없는 부도를 보며

어느 한적한 오솔길에 세워진 부도浮屠를 보면 내 삶이 더 겸손해진다. 어느 시절 이 산중을 지키며 한 사람의 수행자로 살았을 텐데 지금은 이름 하나 남겨 놓지 않았다. 그랬으므로 부도의 주인이 누구였는지, 어떤 삶을 살았던 인물인지 알 수 없다.

확실한 것은 인연의 통로를 따라 죽음을 맞이했다는 사실뿐이다. 비록 그 부도의 주인임을 증명하는 탑명塔名이나 행장을 적은 비문은 없지만 평범한 수행자로 살다 간 가난한 삶의 흔적이 바람결에 전해져 온다.

발자취가 뚜렷해서 위대한 스승으로 추앙받는 인물도 있지만 삶이 평범해서 오히려 오래 기억되는 인물도 있다. 산중의 이름 없는 부도들은 일생 동안 자신의 자리를 말없이 지킨 아름다운 흔적들이다.

뜰 앞의 상사화 1

　법당 오가는 길에 상사화가 고개를 내밀고 있는 것을 보았다. 아무도 봐 주지 않아도 때가 되면 꽃을 피우는 자연의 섭리. 인적 없는 곳에서도 자신의 일을 성실하게 다 하는 꽃들을 볼 때마다 변덕 많은 인간사와 비교하게 된다.

　어제는 간도 쓸개도 빼 줄 듯하다가도 심술이 나면 언제 그랬냐는 듯이 안면을 바꾸는 것이 지금의 인심이라는 생각이 든다. 이렇게 따진다면 꽃은 참 정직하고 가식 없는 삶의 태도를 지니고 있다.

뜰 앞의 상사화 2

한 사람 때문에 가슴앓이를 해 본 적이 있는가. 달빛에도 가슴 시리던 그리움을 경험해 본 적이 있는가. 그 한 사람으로 인해 일상이 온통 흔들린 적이 있는가. 그러나 그 지독한 그리움이 제 목젖 안에서만 맴도는 혼자만의 사랑이라면 숨 쉬는 자체가 힘겹다. 한마디만 하면 속마음을 들켜 버릴 것 같아서 남몰래 흘리는 눈물의 사연은 아무도 모른다. 누군가를 마음에 품고 살아가는 일은 정말로 가슴 턱턱 막히는 형벌이다. 그렇지만 고민과 한숨으로 밤을 지새우면서도 쉽게 단념하지 못하는 것이 상사병의 속성이다.

뜰 앞의 상사화를 보고 있으면 이루어질 수 없는 사랑의 아픔이 바람결에 전해져 온다. 무엇 때문에 내 방 앞뜰에 피어 있을까. 아무래도 이성에 대한 인연을 조심하고 그 감정을 잘 다스리라는 뜻에서 어느 과객이 심어 놓은 것 같다.

삶은 어차피 불편한 것

세상을 살다 보면 기쁠 때도 있고 슬플 때도 있으며 웃는 날도 있고 우는 날도 있다. 이는 맑은 날도 있고 흐린 날도 있는 하늘의 이치와 같다. 그러나 번개 치고 폭풍우 가득한 밤을 보내지 않고 어찌 창천蒼天한 아침의 고마움을 알겠는가.

만약 우리 인생에서 고난과 장애가 사라지면 무료한 일상이 되거나 타성에 물들 수 있어서 자기 자신을 변화시킬 수 없다. 아울러 실패와 위기가 없으면 도약이나 발전도 없다. 그러므로 너무 편안한 삶을 좋아할 필요가 없다. 일신이 수고롭지 않으면 삶의 언저리에 백태가 끼기 마련이다. 역설적으로 표현하자면 인생길에서 만나는 고통의 순간은 우리 삶을 긴장하게 만드는 생명력이나 다름없다. 현재의 문제와 갈등을 삶 속으로 수용하자는 말이다.

미움의 역리성

　미움의 역리성逆理性이라는 것이 있다. 이를테면 미움을 받는 사람이 도리어 더 잘될 수 있다는 뜻이다. 우리 속담에도 '미운 놈 차 버리면 떡시루에 빠진다.'는 표현처럼 내가 미워하는 상대가 더 잘되는 경우도 생긴다.

　예를 든다면, 저 티베트는 중국이 박해하면 할수록 국제적으로 더욱 유리한 상황에 놓이게 된다. 사람들의 관심을 더 많이 받게 되며 민족의 지도자 달라이 라마의 행보는 더욱 커지게 되기 때문이다. 만약 중국이 없었다면 달라이 라마는 노벨평화상 수상자가 되지 못했을 것이다.

　이는 미움의 대상이 되었기 때문에 오히려 세계 평화에 기여할 수 있는 기회가 된 것이나 마찬가지다. 따라서 미움도 약이 될 때가 있다는 말이다. 그러니까 미워하고 시기하면 할수록 남이 잘되는 법칙도 있다.

풀 뽑기

시골 절에 살게 되면서 흙 만질 일이 많아졌다. 오늘 아침에는 돌계단 틈새마다 자라난 풀을 뽑는데 지렁이들이 놀라서 꿈틀거린다. 땅속 벌레들이 무섭다고 물러앉으면 온통 풀밭이 되고 말기 때문에 하던 일을 계속해야 한다. 넓은 풀밭은 예초기의 힘을 빌리지만 돌 틈이나 화단은 손길이 가야 마무리가 깔끔하다. 그래서 손톱 밑에 흙이 차서 남에게 보이기 민망스러울 때가 있다.

이렇게 흙을 손수 만지는 것도 즐거움이다. 오늘 하루 내가 손으로 만진 것들을 기억해 본다. 컴퓨터, 숟가락, 찻잔, 휴대폰, 세탁기, 선풍기, 화장지…. 모두가 생명이 없는 공산품이다. 대부분 도시인들의 일상은 흙보다 기계를 더 많이 만지고 살게 된다. 손가락은 자연이 그리울지 모른다. 그래서 흙과 나무를 만지는 일은 생명의 친구들을 만나는 일이다.

위대한 평범

나와 자주 왕래하는 이웃의 스님은 지난해에 부친을 간호하면서 그 임종을 지켜보았다는 말을 전했다. 그는 부친의 사십구재를 지내던 날, 자신은 아버지를 세상에서 가장 위대한 인물로 존경했다는 말을 덧붙였다.

그것은 자신의 아버지가 학식과 인품이 뛰어나서가 아니라 평범하게 살아온 그 발자취가 위대하게 느껴진다는 요지였다. 촌로가 될 때까지 고향을 떠나지 않고 농사를 지었던 그의 아버지는 생의 질서에서 크게 벗어나지 않은 삶이었다. 이른바 '위대한 평범'이었던 셈이다.

평범함이 있어서 어쩌면 특별한 것을 빛나게 한다. 역사상 뛰어난 인물도 알고 보면 평범한 사람들의 삶이 있어서 돋보이고 주목받는 것이라는 생각을 해 보게 되었다. 이 세상에는 평범하고 꾸준한 것이 특별한 것이다.

'무상'에 담긴 두 가지 뜻

생활 속에서 '무상'이라는 말을 많이 쓴다. '영원한 것이 없다.' 는 불교의 이 가르침에는 두 가지 뜻이 내포되어 있다. 부정적인 의미와 긍정적인 의미로 나눌 수 있겠다. 흔히 영원하지 않다고 표현하면, 가치 없고 무의미하다는 뜻으로 이해하는데 이것은 부정적인 뉘앙스에 해당하는 것이다. 젊음과 건강을 더 유지하고 싶은데 이것이 점점 무너져 가니까 마음이 괴롭다. 이것은 영원하지 않기 때문에 고통스러운 경우이다.

그러나 영원하지 않기 때문에 역전의 인생이 가능하다는 것은 긍정적인 뉘앙스에 해당한다. 예를 들어 지금 사업에 실패하여 힘든 시기를 보내고 있다면, 다시 재기가 가능하다는 것이다. 왜냐하면 성공도, 실패도 영원하지 않기 때문에 그렇다. 이것을 달리 정리해 보면, 지금 가난하고 불행한 삶을 산다 하더라도 희망을 버리지 않으면 복된 시절을 맞이할 수 있다는 뜻이다. 이것은 모든 것이 변하기 때문에 가능한 논리다.

따라서 무상의 본뜻은 '좋은 것이 없어진다.'는 허무의 느낌보다는 '나쁜 것도 없어진다.'는 긍정적인 내용을 더 많이 가지고 있는 셈이다.

별이 빛나는 이유

　로키산맥 해발 삼천 미터 높이에 수목 한계선이 있다고 한다. 이 지대의 나무들은 매서운 바람으로 인해 곧게 자라지 못하고 '무릎 꿇고 있는 모습'을 하고 있다. 이 나무들은 열악한 조건이지만 생존을 위해 무서운 인내를 발휘하면서 살아가고 있는 것이다. 그런데 세계적으로 가장 공명이 잘되는 명품 바이올린은 바로 이 무릎 꿇고 있는 듯한 나무로 만드는 것으로 알려져 있다.

　우리나라 국악기인 대금도 마디가 없는 대나무로 만드는데 그래야 아름다운 소리를 낸다고 한다. 그러니까 마디가 있는 대나무에 비해 마디가 없는 대나무는 그만큼 인내와 고난을 가지고 자란다. 그 한과 고통이 결국 훌륭한 대금 소리를 내는 원인이 되는 것이다.

　아름다운 영혼을 갖고 인생의 절묘한 선율을 내는 사람은 아무런 고난과 역경 없이 좋은 조건에서 살아온 사람이 아니다. 온갖 고난과 아픔을 겪어 온 사람들이 대부분이다.

그래서 우리 삶에서 만나는 실패와 좌절은 인생을 더욱 든든하게 해 준다. 우리는 패배한 일을 통해서 교훈을 얻을 때가 더 많다. "고난이 있을 때마다 그것이 참된 인간이 되어 가는 과정임을 기억해야 한다."

이것은 괴테의 말이다. 별이 빛나는 것은 어둠이 있기 때문이다.

백로와 바닷게

큰 바위를 옮겨 와서 다시 제자리에 놓을 때는 쉽게 그 위치를 찾을 수 있지만 작은 조약돌은 그 자리를 찾기가 어렵다. 작은 것이기 때문에 그 자리가 잘 보이지 않아서 그렇다. 무엇이든 작은 일이 더 어렵고 표시도 나지 않는 법이다. 이와 같이 평범한 삶이 더 어려울 수도 있다.

어리석은 사람은 자기 스스로 이 세상에서 아무 쓸모없는 사람이라고 한탄하는 이들이다. 자신의 삶을 남과 평면적으로 비교할 필요는 없다. 모두가 살아가는 가치관과 방식이 다른 것이다. 세상살이가 획일적으로 똑같이 닮아 있다면 개성과 특징은 사라지고 만다.

백로는 한 쪽 발로 서 있어야 편하고, 바닷게는 옆으로 걸어야 빨리 갈 수 있다. 등나무는 굽은 것이 멋있고, 대나무는 속이 비어야 제 모습이다. 물고기는 물 밖에서는 숨 쉴 수 없고, 사람은 물속에서 숨 쉴 수 없다.

이처럼 각기 살아가는 형태와 모양이 다르듯 다양한 삶의 모습이 존재한다. 어떤 것이 절대적으로 잘났다고 평가할 수 없다는 뜻.

이 세상에는 각각의 쓰임새가 따로 있다. 남들과 비교해서 열등하다고 해서 어깨 처지거나 기죽을 필요가 없다는 위로다. 그러므로 남들 가진 것을 내가 못 가졌다고 원망할 필요도 없고 부러워할 일도 아니라는 것이다. 각기 자기만의 장점이 있기 때문이다.

물고기가 물을 떠나면

　푸리족 인디언들은 어제와 오늘과 내일을 나타낼 때 같은 단어를 사용한다. 그래서 어제를 의미할 때는 자신의 등 뒤를 가리키고, 내일은 앞쪽을, 오늘은 머리 위를 가리킨다고 한다. 과거와 현재와 미래가 동일한 시점에서 이루어지는 것임을 알 수 있다.

　일찍이 조주 선사는 가르침을 묻는 이들에게 "차나 마시게!"라는 법어를 남겼다. 수행이 일상을 떠나면 생명력을 잃고 만다. 이는 고기가 물을 떠나지 않는 것과 같다.

　현재 살고 있는 삶의 조건과 형태가 화두여야 한다. 그래서 차 마실 땐 차만 마시고, 밥 먹을 땐 밥만 먹어야 하는 것이다. 밥을 얼른 먹고 그 다음 일을 해야겠다고 하면 현재의 행동은 무의미하다. 그 다음 시간은 기다리지 않아도 다가온다. 괴로운 시간은 빨리 지나가길 바라지만 그 시간 또한 지나가는 때가 반드시 오게 되어 있다.

따라서 현재를 살면서 그 시점이 과거에 머물거나 미래에 가 있으면, 지금의 가치는 없어지고 만다. 즉, 시점과 행위가 일치해야 비로소 행복한 것이다.

예정된 우연을 찾아서

　　여행길에서 다양한 사람과 사건을 만난다. 여행의 묘미는 목표 지점을 향해 직선으로 걸어가는 것보다는 곡선으로 움직이는 것이 훨씬 생동감 있다.

　　미리 정해진 일정대로 떠나는 여행은 걱정 없는 편안함을 선사할지 모르나 변수와 일탈이 주는 긴장감은 없다. 그래서 계획된 인연보다는 예정된 우연을 찾아서 떠나야 한다. 그렇다면 여행길 역시 정해진 각본보다 현장에서의 애드리브가 더 요구되는 일 같다.

행복이 무어냐고 물으신다면 2

몇 년 전에 티베트를 두 번 다녀온 적이 있었다. 티베트는 대부분의 도시가 해발 삼천팔백 미터 이상에 위치하고 있어서 공기가 희박하다. 그래서 여행객들은 일회용 산소 용기를 구입하게 된다. 이 용기에 담긴 산소의 양은 십사 리터, 한 개당 가격은 우리 돈으로 삼천 원 정도다. 이 십사 리터의 공기는 오 분 정도 마실 수 있는 용량이다.

그때 크게 깨달은 것이 하나 있다. 우리는 매일매일 오 분마다 십사 리터의 공기를 마시고 있다는 것. 돈으로 환산하면 오 분 단위로 삼천 원어치의 공기를 공짜로 마시고 있다는 것을 알았다.

이처럼 산소가 부족하지 않을 때는 그 소중함과 가치를 모른다. 인도의 명상가 라즈니시는 "행복은 산소와 같은 것이어서 행복할 때는 그 존재를 모른다."라고 했다.

행복은 결코 큰 것이 아니다.

3장

———

온전히

인연의 무게

　분홍빛 연서戀書는 아니지만 마음을 느낄 수 있는 글은 언제나 가슴이 훈훈하다. 누구나 편지 한 장 정도는 써 보았으리라. 별이 빛나는 밤에 쓴 편지는 감성에 호소하는 내용이 짙으며, 문장이 별빛처럼 아름답다.

　누군가를 그리워할 때 밤새워 하얀 종이를 채우는 것도 이러한 까닭이다. 또한 고통과 이별을 경험해 보지 않은 이는 노을 진 사랑의 사연을 이야기하지 못한다. 그리고 촛불 밝힌 밤에 쓴 편지는 아침에 다시 읽지 않는 게 좋다. 지나치게 감정에 호소한 유치한 흔적 때문에 더러 우표를 붙일 용기가 나지 않을 수도 있음이다.

　새벽달이 창호에 걸릴 때까지 뒤척이며 쓴 편지를 끝내 부치지 못하고 없애 버린 기억이 내게도 있다. 자신의 감정을 솔직하게 표현했거나 망설이다가 쓴 편지는 결코 그 무게가 가볍지만은 않다.

　안거를 시작할 때마다 해묵은 수첩을 바꾸듯 편지를 정리한다. 편지의 부피는 곧 인연의 무게라는 생각에서다.

지난 일 년 동안 지인들과 주고받은 서신이 참 많다. 청법請法을 위한 내용보다는 안부를 묻는 글이 대부분이다. 이러한 의식을 안 거 때마다 하는 것은, 작은 일에 연연해하는 내 성격이 습관으로 굳어지는 것을 경계하기 위한 행동이기도 하다. 일상에서 만들어지는 크고 작은 인연이 얼마나 많은가. 그것이 정이라는 구체적인 사실로 나타날 때 홀가분하게 떠나기가 참으로 힘들다는 걸 잘 알기 때문이다.

연꽃의 지혜

남도 지방에 연꽃 향기가 한창이라는 꽃 소식을 도반 스님을 통해 들었다. 윤달이 든 해이기 때문에 지금에야 연꽃이 만개하였다고 한다.

도반은 연꽃을 보려거든 아침 일찍 와야 한다고 귀띔을 해 준다. 오후가 되면 향기가 시들시들해지기 때문에 연꽃 향기를 제대로 느낄 수 없다는 것이다.

연꽃이 피어날 때의 향기는 다른 꽃에서는 맡을 수 없을 정도로 신비롭다. 그 향기에 멀미가 날 것 같다. 특히 연잎에 맺힌 이슬방울은 어떤 보석보다도 아름답다. 비 오는 날 우산을 받들고 연못가를 배회하는 일도 꽤 운치 있다. 후루룩 연잎에 비 떨어지는 소리를 가까이서 들을 수 있기 때문이다.

연잎에 빗방울 떨어지는 모습을 가만히 들여다보는 일도 재미있다. 한동안 물방울이 유동으로 일렁이다가 어느 정도 고이면, 크리스탈처럼 투명한 물을 미련 없이 쏟아 버린다.

이런 광경을 무심히 지켜보고 있으면 '아하, 연잎은 자신이 감당할 만한 무게만을 지탱하고 있다가 그 이상이 되면 비워 버리는구나.' 하는 생각이 든다. 이것이 연꽃의 지혜다. 만약에 연잎이 자신의 욕심대로 받아들이면 마침내 잎이 찢기거나 줄기가 꺾이고 말 것이다.

세상을 살아가는 이치도 이와 같아야 한다. 자신의 분수를 모르고 욕심을 내다 보면 결국 자신을 다치게 하고 화를 당하게 되는 경우를 많이 보았다.

연꽃을 피우는 방법

지난주에는 어떤 목사님이 운영하는 수생 식물원을 다녀왔다. 그곳에는 다양한 종류의 연꽃이 무리 지어 피어 있었다. 내년 봄에는 연꽃을 분양해 준다는 다짐을 받고 온 뒤부터는 어디에 연못을 만들까 고심 중이다. 연꽃은 다른 수생 식물보다 번식이 아주 빠르다. 그래서 매년 연꽃을 캐서 나누어 주면 연밭이 보다 싱싱해진다고 들었다.

연못에 연잎만 무성하고 꽃을 피우지 않는 것을 본 적이 있다. 이런 연못은 환경과 조건이 너무 좋아서 더 이상 번식할 필요가 없어서 그렇다.

이때는 굴착기를 동원해서 연못을 망가뜨리고 파헤쳐 주면 다음 해에는 연꽃이 연못 가득 피어난다. 왜냐하면 연뿌리에 상처를 주면 스스로 생명의 위기를 느끼게 되어 종자 번식을 위해 다른 해보다 꽃을 더 많이 피우는 까닭에 그렇다.

이처럼 식물들도 위기와 고난이 닥쳐야 더욱 싱싱하게 활력이 넘친다. 여기서 연꽃 이야기를 꺼낸 것은, 우리가 느끼는 스트레스도 우리 삶에 좋은 작용을 할 때가 있다는 점을 말하고 싶은 것이다.

네 잎 클로버 vs. 세 잎 클로버

　오늘 아침에 가까운 곳에 사는 지인이 와서 네 잎 클로버를 주고 갔다. 네 잎 클로버는 '행운'의 뜻을 담고 있어서 세 잎 클로버보다 귀한 것이라서 고마웠다.

　그런데 지천으로 피어 있는 세 잎 클로버의 꽃말은 '행복'이라는 것을 상기할 필요가 있다. 행운은 가끔 있는 것이지만 행복은 늘 있는 것이다. 우리의 생활 방식은 행운에만 눈이 멀어 행복을 잊고 지내기 일쑤다. 결과적으로 우린 행운에 정신이 팔려 중요한 행복의 순간을 놓치고 살아가고 있는 셈이다. 오늘 네 잎 클로버를 보면서 행복과 행운 중에서 무엇을 원하고 있는지 내 자신에게 물었다.

당신의 샹그릴라는
어디인가

1933년 영국인 작가 제임스 힐턴이 소설 『잃어버린 지평선』을 발표하면서 사람들의 관심은 이 속에 등장하는 인간들의 이상향 '샹그릴라'에 집중되었다.

이곳은 쿤룬 산맥의 서쪽 끝자락에 숨겨진 세계로서 외부로부터 단절된 히말라야의 신비한 유토피아로 묘사되었기 때문이다. 따라서 어딘가에 실재할지도 모른다는 이 샹그릴라를 찾아 많은 탐험가들이 길을 떠났다. 그러나 지금까지 그곳을 찾았다는 사람은 아무도 없다. 당연한 결과다. 이상향은 따로 건설되어 있는 것이 아니라 만들어 가는 세계이기 때문이다. 그래서 샹그릴라는 티베트어로 '내 마음속의 해와 달'이란 뜻이다.

이상향의 기준은 마음에 있다는 의미일 것이다. 자신의 마음에서 해와 달이 늘 충만하면 그 세계가 극락이며 천국이다. 그렇다면 나에게 주어진 이곳이 가장 가까이 존재하는 이상향이다. 우리네 삶의 방식은 행복의 조건을 밖에서 구하고 있다는 점이다.

결국 이러한 방식 때문에 완벽한 장소 또한 멀리서 찾으려고 애쓴다. 우리가 말한 이상향의 기준은 인간이 정한 수치에 불과하다. 그러므로 그런 세계를 기다리고 찾아봐야 아무 소용없다. 그런 정토와 낙원은 형상화된 세계라기보다는 마음의 경지에 따라 나타나는 현상일 것이다.

복은 구하는 게
아니라 짓는 것

　복은 따로 정해져 있거나 결정되어 있는 게 아닐 것이다. 그러니까 복은 어떤 특별한 사람이 주는 것도 아니고 특별한 장소에 보관되어 있는 것도 아니다.

　내가 아는 방법은 복을 구하지 말고 복을 지어야 한다는 것이다. 즉, 복 짓는 마음과 행동이 중요하다. 맹목적으로 신에게 복을 구걸한다고 해서 복을 받을 수 있다면 목소리가 크거나 동냥하는 사람이 더 유리할 것이다. 이러하기 때문에 복은 자기가 짓고 자기가 받는 것이므로 어느 특별한 대상에게서 받을 수 있는 물건이 아니라는 사실이다.

　이집트 사람들의 교훈 중에 사람이 죽어 신에게 불려 가면 지옥에 갈지, 천국에 갈지 결정하는 두 가지 질문이 있다고 한다.

　'자기 인생에서만 기쁨을 찾았는가? 남에게 기쁨을 주었는가?'

　이렇게 물어본다. 망설이지 않고 남에게 기쁨을 주었다고 말할 수 있어야 그 사람은 평소에 복을 짓고 복을 베풀고 살았던 인생이라고 정의할 수 있다.

인과의 율동

살다 보면 내가 복수해 주지 않더라도 누군가가 복수해 주기도 한다. 내가 따귀를 맞았을 때 직접 보복하지 않더라도 그 사람은 언젠가 다른 누구에게 그대로 당하는 게 세상 이치이기 때문에 그렇다. 불교식으로 말하면 인과의 율동이다.

중학교 시절, 자전거가 무척 가지고 싶어서 낡은 자전거 한 대를 훔쳐서 마음 졸이며 타고 다닌 적이 있다. 세월이 한참 지난 뒤 스무 살 무렵에 최신형 자전거를 새로 구입해서 집 앞에 세워 두었는데 밤새 도둑을 맞고 말았다. 내가 남의 것을 훔친 것처럼 또 누군가가 나의 것을 훔쳐 갔던 것이다.

인과의 율동은 이런 것이다. 그때와 장소의 차이일 뿐 언젠가는 세상이 그렇게 되갚아 주는 게 이치라는 생각이 든다. 그러므로 아등바등 복수의 칼을 갈지 말아야 한다.

복수를 준비하는 그 시간에 용서를 하면 간단히 해결되는 일도 있기 때문이다.

받아들임

우리 인생길에서 평탄한 삶은 없다. 다시 말해 근심 걱정 없는 인생은 존재하지 않는다는 말이다. 어차피 모순과 문제를 수용하고 살아가는 것이 이 사바세계의 원리이기 때문에 그렇다. 즉, 모순과 갈등이 어느 정도 동반되는 세상이라는 뜻이다.

인생은 어차피 불편한 것이라고 인정하는 태도는 삶의 불만을 줄이는 데 아주 효과적인 방법이다. 그렇다면 살아가는 과정에서 만나게 되는 아픔과 상실, 실패와 고난 또한 그다지 충격적이지 않을 수 있다. 인식의 태도는 이렇게 중요한 것이다.

우리 삶은 수레를 타고 시골길을 가는 것이라고 생각해 보라. 시골길의 울퉁불퉁한 곳을 지나갈 때마다 수레가 흔들리게 될 것이다. 처음에는 그 흔들림이 불편하겠지만 그것이 반복되면 그냥 받아들이게 되어 있다.

우리가 느끼는 일상의 고통은 이렇게 사소한 것인지도 모른다. 약간의 불편함은 인생길의 동반자라는 뜻이다. 따라서 괴로움은 피할 것이 아니라 이해하는 편이 훨씬 능동적인 자세다.

긍정적인 말 한마디

아메리카 인디언들은 무슨 소리든 만 번만 외우면 소원대로 이루어진다고 믿는다고 한다. 좋은 말이든 나쁜 말이든 만 번을 외우면 우리 인생도 그렇게 되는지 모른다.

하지만 우리는 날마다 온갖 욕심과 부정적인 생각을 이끌어 내는 데 그 주문을 다 소비해 버린다. 미워하거나 원망하고 시기하며 질투하는 일로 하루를 보내면서, 남의 탓을 만 번씩 하면서 살아가는 것은 아닌지 반성해 보아야 한다.

즉, 긍정의 힘을 믿자는 말이다. 부정적인 백 마디보다 긍정적인 한마디가 인생의 길을 바꿀 때가 많다.

여행에 대한 생각 1

가장 멋진 여행은 혼자 떠나는 일정이다. 여럿이 있을 때 자기 자신은 다만 반쪽일 뿐이지만 홀로 있을 때는 온전한 자기 자신이 될 수 있다. 그래서 혼자 떠나는 여행은 당당한 자신의 실존을 찾아 떠나는 여로이기도 하다.

혼자서 떠나는 여행에 익숙해지지 않으면 그 사람은 현실에 안주하고 싶어진다. 다시 말해 모험심과 도전 정신이 없는 나약한 사람이 되고 만다. 정말 여행을 즐기려면 혼자서 길을 나서라.

여행에 대한 생각 2

    여행을 하는 것은 사람을 만나는 일이다. 그래서 여행지에서 돌아오고 나면 그 장소보다는 그곳에서 만난 낯선 사람들의 얼굴이 떠오르고 그들의 눈빛이 그리워진다.

    당대唐代의 선승 임제 선사는 "모든 인연이 일기일회一期一會다."라고 말했다. 내 생애 단 한 번의 기회밖에 없다. 설령 다시 만난다 하더라도 그 시절은 이미 아니기 때문에 만남은 언제나 설레고 새로운 것이다.

    여행길에서 바람 스치듯 만난 인연들. 어디서 무엇이 되어 또 만나랴. 지금 만나는 인연이 오늘이 마지막이라고 떠올려 보면 한없이 소중하고 반가울 것이다. 그래서 여행길에서 돌아와 현재의 가족을 다시 만날 수 있는 것은 행운이다. 또한 삶이 곧 끝나 버린다고 생각해 보라, 그러면 남은 시간이 선물처럼 느껴진다.

삶은 문제의 연속

삶에는 고민이 없을 수 없다. 주변을 살펴보면 온통 크고 작은 문제들로 가득 차 있다. 따라서 살아간다는 것은 어떤 문제와 마주하고 있는 것인지도 모른다.

역설적으로 해석하자면 문제없는 삶은 인생이 아닐 수도 있는 것이다. 저 공동묘지의 주인공이 무슨 문제가 있겠는가. 설사 있다고 하더라도 손짓을 할 수 있을 것인가, 말을 할 수 있을 것인가. 차디찬 땅속에 누워서 아무것도 할 수 없다. 살아 있기 때문에 문제가 생기는 것이다.

이를테면 고통과 갈등은 살아 있는 자의 몫이다. 문제없는 삶은 오직 죽음뿐이다. 인생에서 중요한 것은 문제 자체를 수용하는 마음의 자세다.

부자 라인 만들기

　부자의 얼굴에는 '부자 라인'이 있다고 들었다. 우선 표정이 밝으며, 자신감이 넘치고, 잘 웃는다는 공통점이 있다고 한다. 물론 조건과 환경이 만들어 준 원인도 있지만 스스로가 설정하였다는 사실이 더 중요하다.

　우리들 자신이 스스로의 표정과 눈빛을 만들어 가야 한다는 의미로 해석하면 더 좋겠다. 내 경험에 비추어 보면 웃는 사람은 다복하고 웃지 않는 사람은 박복하다. 또한 웃는 사람은 긍정적이며 웃음이 적은 사람은 부정적인 경향이 짙다. 그러므로 미소는 어둡고 그늘진 삶을 바꾸는 중요한 에너지나 다름없다. 이는 돈이 없어도 가능한 일이다.

이성을 대하는 법

　이성에 대한 쾌락을 경계하는 모든 종교 전통에서 자신의 성기를 제거하거나 눈을 찌름으로써 유혹을 물리치려 했던 이야기는 매우 흔하다. 문제는 이렇게 해도 욕망이 사라지지 않는다는 점이다. 색심의 뿌리가 성기에 있다면 왕조 시대의 환관들은 이미 성인군자의 반열에 올랐을 것이다. 이를 보더라도 욕망의 근원은 마음에 있음을 알 수 있다. 이성에 대한 적대와 혐오로는 욕망의 한계를 넘어서기 어렵다. 따라서 마음의 움직임에 주목할 필요가 있다. 그렇다면 어떻게 해야 하는 것일까.『사십이장경』의 가르침은 이렇다.

　'늙은이는 어머니로 생각하고, 나이 많은 이는 누님으로 생각하고, 나이 적은 이는 동생으로 생각하고, 어린이는 딸로 생각하여 그를 예로써 공경하라.'

　이것은 부처님이 설정한 이성에 대한 가이드라인이다. 이 경계를 넘으면 로맨스가 아니라 스캔들이 될 확률이 높다.

라다크 사람들이
가장 싫어하는 욕

티베트와 가까운 곳에 위치한 라다크 사람들이 가장 싫어하는 욕은 '저 사람은 화를 잘 내는 사람이야!'라는 말이다. 이 말이 그 사람들에게는 가장 심한 모욕이란다.

화를 낸다는 것은 경멸받을 만한 인격이라는 것이다. 깊이 공감한다. 때론 화내는 일을 통해 그 사람의 인격이 드러나기도 하니까. 티베트의 수행 지침서 『청정도론』을 보면 우리에게 이렇게 물어본다.

'여보게, 그에게 화를 내어 무엇을 할 것인가? 화냄으로 인해 그대의 업이 장차 그대를 해로움으로 인도하지 않겠는가?'

화를 내는 일의 최대 피해자는 우리 자신들. 설령 내가 누군가를 향해 시원하게 욕을 해 주었다 하더라도 언젠가는 나도 그런 욕을 먹을 수 있다. 모든 것에는 메아리가 있으니.

시간의 눈금

　흔히 나무 심기를 '시간의 눈금'이라고 한다. 건너뛰거나 속성도 통하지 않고 오직 시간의 눈금을 정확하게 건너야 하기 때문이다. 나무가 굵어지려면 시간의 길목을 돌고 돌아야 한다. 그 세월을 어찌 돈으로 환산하겠는가.

　설령 큰 값을 치르고 거목을 심는다 하여도 가지가 형편없이 잘려 나가기 때문에 어느 정도 수형이 형성되려면 또 세월을 기다려야 한다. 이런 까닭에 나무가 울창한 숲에 산다는 것은 조촐한 복이 아닐 수 없다.

여기 오던 첫해부터 나는 법당 짓는 일보다 나무 심는 일을 먼저 했다. 건물은 뚝딱거리면 일 년 안에 완성되지만 나무의 수령은 세월에 맡길 수밖에 없는 것이라서 서둘수록 이익이다.

참다운 진리는
보편적인 진리

　나는 항상 종교의 진리는 보편적이어야 한다고 주장해 왔다. 진리는 누구에게나, 어디서나 소통될 수 있는 가르침이어야 옳다. 그렇지 못하면 종교적 아집과 극단이 되기 쉽다.

　즉, 진리라고 하는 것은 사찰 안에서뿐만 아니라 성당이나 교회에서도 편견 없이 적용되어야 한다는 뜻이다. 이는 불교신자에게만 적용되고, 다른 종교인에게는 적용되지 않는다면 보편적 진리가 아니라는 말이다.

　바꾸어 말하면, 하나님의 보호 밖에서도 구원이 있다는 것을 가르쳐 주어야 한다는 것이다. 만약 하나님의 구원이 교회 안에서만 이루어진다고 가정해 보자. 그렇다면 교회를 믿지 않는 수많은 사람들은 구원의 대상에서 제외된다는 뜻이기 때문에 이는 사랑의 한계를 스스로 인정하는 모순이 되고 만다. 그런 점에서 하나님의 구원과 진리도 교회 밖으로 확대되어야 한다.

진리는, 불교를 믿는 것과 교회를 믿는 것과 상관없이 적용되는 인과율因果律이라는 사실을 인식해야 한다. 절에 나오지 않더라도 복 짓는 행위를 했으면 복을 받아야 마땅하며, 주님을 찬양하지 않더라도 착한 행위를 했으면 칭찬을 받아야 참다운 진리다. 진정한 자비와 사랑은 도술이나 권능보다는 온전한 상식과 원칙이다. 따라서 종교의 목적은 교리의 전파나 권유가 아니라 스스로의 마음이 따스해지고 보다 선해지는 것이어야 한다.

언젠가는 지나간다

　세상살이를 살펴보면 시작할 때가 있으면 정리할 때가 있고, 참아야 할 때가 있으면 웃을 때가 있다. 그러므로 그때를 거부하거나 역행할수록 힘든 게 인생이다. 그때를 기다릴 줄 알고, 또 그때가 오면 겸허히 받아들일 줄 아는 인생이 보다 성숙된 자세다.

　우리 생애의 최후의 때가 다가오더라도 당당하게 받아들일 줄 아는 자세. 이것을 수행이라고 정의한다. 기독교의 성경에 이런 말씀이 있다.

　'무엇이나 다 정한 때가 있다. 하늘 아래에서 벌어지는 무슨 일이든 다 때가 있다.'

　그렇지만 이 시기와 때는 어떤 절대자나 전지전능한 신이 정해주는 것이 아니다. 이것은 신의 섭리이기 이전에 우주의 질서이며 조화다. 불교식으로 말하면 인과율因果律인 것이다. 따라서 인간 또한 이 신비로운 질서 속에서 살아가고 있다. 그렇기 때문에 어떤 상황이든 그때가 오면 도망치거나 외면하지 말아야 한다.

왜냐하면 모든 일에는 다 때가 있기 때문이다. 지금 당신의 삶에서 어떤 일이 막히면 '안되는 때'라고 위로하면 될 것이다. 또한 당신의 일이 뜻대로 잘 풀리면 '잘되는 때'라고 겸손하면 될 것이다.

그리고 뜻밖의 병고로 힘든 시간을 보내고 있다면 '아플 때'라고 받아들이면 위로가 될 것이다. 왜냐하면 모든 일은 '한때'이기 때문에 언젠가는 지나가는 까닭이다. 좋은 일이든 슬픈 일이든 다 지나간다.

부부에게 1

　나는 주례를 할 때마다 세 가지를 당부한다. 그날도 청춘 남녀에게 다음과 같은 요지로서 격려의 말을 전해 주고 왔다.

　첫째는 비교하지 마라. 내 남편이나 내 아내를 다른 이들과 비교하면 그때부터 불만이 생기기 쉽다. 그래서 부부간은 절대 비교다.

　둘째는 후회하지 마라. 서로 죽고 못 살 것 같아서 결혼해 놓고 얼마 지나지 않으면 후회하는 심리가 생기기 마련이다. 이런 경우 불화가 생길 때마다 결혼 자체를 후회하거나 상대방에게 원망을 늘어놓게 된다. 그러므로 부부의 인연은 감사로써 위기를 극복해야 한다.

　셋째는 계산하지 마라. 아내는 남편 덕을 보려고 해서도 안 되고, 남편 또한 아내 덕을 보려 해서도 안 된다. 다시 말해 누구로 인해 팔자 고치겠다는 마음을 먹으면 배우자에 대해서 실망하기 십상이다. 내가 손해 보았다는 태도보다는 저 사람이 나 때문에 인생에서 손해 보고 있다고 생각하는 자세가 부부 금실을 위해서도 좋다.

부부에게 2

　인디언의 어느 부족은 결혼하는 청춘 남녀에게 활과 화살을 선물로 준다고 한다. 연인이나 부부 관계는 활과 화살이 되어야 한다는 뜻에서다.

　활은 화살이 없으면 쓸모없고, 화살 또한 활이 없으면 그 기능을 못하는 법이다. 그러니까 부부는 따로따로 존재하면 활과 화살처럼 그 역할을 전혀 할 수 없다. 이런 점에서 부부는 서로 활이 되고 화살이 되어야 올바른 방향으로 나아갈 수 있는 것이다. 서로 떨어져 있지 말고 상호 보완하는 인연으로 살아야 만점짜리 부부다.

가을 소식

산창을 열면 가을의 소식이 들린다. 그새 하늘이 더 높아지고 산그늘도 한 뼘이나 줄었다. 벌써 조석으로 시원한 바람이 지난다. 그리고 우리 이웃들의 눈빛도 햇살만큼이나 엷어지고 선해진 것 같다.

이처럼 가을의 소식이 하나둘 전해지면 이웃의 인연들에게도 친절해지고 싶다. 새삼스레 마음이 넓어지고 오던 길도 되돌아보는 착한 마음이 된다. 늘 마주하는 얼굴도 짜증스럽지 않고 서운했던 일들도 스스로 풀어진다. 역시 가을은 삶의 둘레를 살펴보게 만드는 아름다운 배경이다.

절반의 성공 절반의 실패

　우리가 살아가면서 망설이다가 보내는 시간이 참 많다. 사랑도 제때 고백 못하고 망설이다 보면 떠나 버리게 되듯이 인생길에서도 우물쭈물하다가 선택의 기회를 놓치고 만다. 이렇게 망설이다가 낭비하는 시간을 다 합치면 인생의 삼분의 일이나 되고도 남는다. 망설이다가 그때를 놓치는 것보다 실패를 감수하더라도 미루거나 머뭇거리지 않는 생활 자세가 중요하다.

　단 한 번에 이루어지는 성공은 없다. 왜냐하면 그 성공 또한 수없는 실패의 길을 돌아서 도달한 목적지이기 때문이다. 그러므로 젊은 날의 성공은 절반의 성공이며, 실패 또한 절반의 실패이다. 성공이든 실패든 절반의 확률일 뿐이다. 따라서 보다 중요한 것은 지금 당장 망설이지 말고 도전하는 일이다.

바퀴는 늘 굴러가야
바람이 새지 않는 법

해가 지면 달이 뜨고, 낮이 가면 밤이 오는 이치가 모두 음양의 조화이다. 온통 비 오는 날만 없듯이 우리 인생도 나쁜 일이 연달아 일어나는 경우는 없다.

그렇다면 인생 또한 잘 풀릴 때가 있고, 막힐 때가 있는 법이다. 삶 속에서 위기와 기회는 번갈아 가며 다가온다. 우리네 인생에서 불행한 일만 계속되지 않는다는 뜻이다.

오르막이 있으면 내리막이 있듯이 힘든 시절이 있으면 즐거운 시절이 올 것이다. 우리 인생에서 약간의 고난이나 불편은 우리 일상을 긴장하게 만들고 탄력을 주기도 한다.

자전거를 몇 달 타지 않고 세워 두었더니 바퀴에 바람이 다 빠지고 말았다. 바퀴는 늘 굴러가야 바람이 새지 않는 법. 이처럼 인생도 좋은 일이든 나쁜 일이든 그 자체가 생동감을 주는 장치다.

오르막이 있으면 내리막이 있듯이
힘든 시절이 있으면 즐거운 시절이 올 것이다.
우리 인생에서 약간의 고난이나 불편은
우리 일상을 긴장하게 만들고 탄력을 주기도 한다.

보고 있어도
보고 싶은 사람

　우리는 흔히 얼굴이 복스럽다는 뜻으로 '달덩이 같다.'는 표현을 한다. 이는 달이 지니고 있는 원만덕성을 잘 나타낸 말이다. 늘 보아도 지겹지 않고, 늘 만나도 물리지 않는 얼굴이 달덩이 같은 사람이다. 그러므로 얼굴에 대한 최고의 칭찬을 달덩이에 견준 것이다. 다시 말해 가장 한국적인 미인의 기준은 달덩이를 닮은 둥글둥글한 얼굴인 셈이다. 요즘 우리가 선호하는 현대적 미인은 어디까지나 서구적인 개념.

　조선 도예의 백미로 꼽히는 백자대호白磁大壺는 둥글둥글한 달덩이의 형상을 하고 있어서 일반적으로 '달항아리'라고 즐겨 부르고 있다. 아무런 장식도 없이 유백색으로 둥글게 만들었는데 그 부드러운 곡선과 당당한 양감 때문에 관람자의 시선을 아주 편안하게 해 준다. 절제된 순백의 미와 균형감의 조화가 바로 달빛의 정서를 잘 나타낸 것이다. 햇빛은 사람을 나무 그늘로 숨게 하지만 달빛은 사람을 동산으로 이끌어서 달맞이를 하게 만든다.

그래서 옛 사람들은 달을 아끼고 사랑하면서 망월을 즐겼다.
달빛의 매력은 한없이 쳐다보아도 눈이 부시지 않는다는 점이다.
사람의 인품도 모름지기 이 같아야 한다.

죽음, 틀림없는 매듭

이해인 수녀의 시에 '죽음을 잊고 살다가 누군가의 임종소식을 들으면 가슴속에 찬바람이 분다.'는 구절이 있다. 누군가의 병문안을 다녀왔을 때, 구급차의 사이렌 소리를 들을 때, 요즘처럼 서늘한 바람이 창가를 지날 때 우리는 문득문득 죽음을 떠올리게 된다.

가끔 상가喪家에 들러 임종 염불을 하면서 죽은 자의 모습을 보고 나면 내 자신이 새삼 겸손해진다. 우리의 삶이 유한하다는 사실을 현장에서 실감하기 때문이다. 가까운 친지의 죽음은 우리들 차례에 대한 예행연습이며 현재의 삶에 대한 반성이기도 하다.

삶은 불확실한 인생의 과정이지만 죽음만은 틀림없는 매듭이다. 인도의 성자 간디는 삶의 기술을 모르는 자는 죽음의 기술도 알 수 없다고 했다. 그러므로 죽음을 생각할 줄 아는 사람이 인생도 똑바로 살 수 있다.

사랑의 힘

사랑은 스스로 증명하는 힘을 가지고 있다. 그래서 사랑에는 떨림이 있고 그리움이 실재한다. 뜨락에 내리는 햇살을 보아도 가슴이 시리고 뒷곁으로 지나는 바람 소리에도 그 사람이 보고 싶고 애달프다. 어찌 보면 사람은 스물네 시간 지독하게 그 일에 몰입하고 그 사람의 존재를 확인하는 공명共鳴인지도 모른다. 그리고 누구나 사랑하는 일을 통해 그리움의 배경은 노을이 아니라 사람이라는 사실을 깨닫는다.

이처럼 사랑은 사소한 일조차도 간절한 일상으로 만드는 어떤 힘이 있다. 애절한 사랑은 일 분 일 초가 아쉽고 소중하다. 우리도 이같이 살 일이다. 매 시간 시간 모든 것을 바쳐 철저히 사랑한다면 그 어떤 일이든 삶의 전부가 될 것이다.

분노와 못생긴 얼굴

우리의 마음이 분노로 가득 차 있는 한 결코 평화와 행복을 누릴 수 없다. 마음속에 분노가 도사리고 있으면 즉시 호흡이 거칠어지고 심장 박동이 빨라진다.

티베트 불교경전에는 이생에서 화를 낸 결과로 다음 생에는 못생긴 사람으로 태어난다고 적고 있다. 그도 그럴 것이 화를 내는 표정은 누구나 보기 싫고 추하다. 그래서 찌푸린 습관 때문에 다음 생에 못생긴 얼굴을 지니게 되는 것은 당연한 일. 고양이 같은 짐승들도 매우 흉한 모습으로 분노를 표현한다. 사람 또한 화를 내면 얼굴이 다른 모습으로 바뀐다. 지금까지 화내는 얼굴이 멋있고 매력적이라는 말은 듣지 못했다. 그만큼 화내는 표정은 상대방을 불쾌하게 만든다.

달라이 라마는 분노의 결과를 너무나 잘 알고 있는 분이다. 장기적으로 볼 때 분노는 스스로에게 고통만 줄 뿐 달라지는 것이 없다는 것을 알기 때문에 미워하지 않는 것이다.

이미 당해 버린 피해에 대해서는 수용하고 인정하는 명상이 그래서 필요하다. 티베트에는 '분노를 수행에 이용한다.'는 말이 있다. 분노의 상황에 흔들리지 않는다면 그 분노의 상황은 오히려 그 사람을 공부시킨 것이다. 달라이 라마는 나라 잃은 조국에서 살고 있는 티베트의 청소년들에게 이렇게 용기를 주었다.

　"적을 향한 분노와 절망으로 중요한 인생을 채우지 말라."

삶의 정답

일전에 해인사에서 모시고 살았던 스승님을 뵙고 안부를 여쭈었다. 그 자리에서 스님은 "사람과 사람이 교감해야 하는데, 지금은 사람과 권력이 교감하고 사람과 세력이 정을 나눈다."는 말씀을 하셔서 가슴에 담고 왔다.

여기에 삶의 정답이 있다. 사람과 사람끼리 정을 나누고 공감해야 한다. 그러나 사람과 재물이 교감을 하고, 사람과 권력이 교류를 하면 따스한 인간성은 사라지고 정치적인 거래가 되기 쉽다. 사람 사이에 오갈 수 있는 정은 돈과 권력 외에도 깨알처럼 많다. 지금, 나는 무엇과 정을 나누고 있는가?

홈런 칠 기회

　야구 경기를 볼 때마다 흥미진진하다. 홈런 하나에 역전이 되기도 하고, 실수 하나에 점수를 내주기도 한다. 공격과 수비는 매 회 때마다 양 팀이 서로 바뀌게 되는 상황이라서 가슴 졸인다.

　우리 인생에서 단 한 번 만에 홈런이 나올 확률은 거의 없다. 수없는 실패와 좌절을 통하여 성공할 수 있다. 그러므로 실패도 성공의 과정이다. 유대인들은 기쁘고 영광스러운 날을 기념할 뿐 아니라 패배했거나 굴욕스러운 날도 기념한다. 그들에게 실패는 귀중한 교훈이기 때문이다. 인생길에서 실패만큼 좋은 스승과 학교는 없다. 이긴 게임을 통해서 배울 일은 그다지 많지 않다.

　어제 삼진 아웃 당했다고 오늘 또 당하리란 법은 없다. 중요한 것은 타석에 들어서는 일이다. 타석에 들어서지 않는 자에게는 홈런 칠 기회도 주어지지 않으니까 말이다. 그러니까 시도하는 그 자체가 이미 성공을 위한 발걸음이다.

평생 감사해야 할
대상 세 가지

　옛 스님들은 평생 감사해야 할 대상을 세 가지로 꼽았는데 도량, 스승, 도반이다. 도량은 공부하는 장소이므로 꼭 필요한 요건이고, 스승 또한 길잡이가 되는 까닭에 참으로 중요하다. 그리고 좋은 도반을 만나는 일만큼 귀한 인연은 없다. 그래서 서로를 탁마해 줄 수 있는 벗이 있다는 것은 인생의 큰 즐거움이다.

　절친한 도반은 한동안 소식이 없으면 근황이 궁금해진다. 한번은 학인學人 시절의 도반이 떠올라 불현듯 그의 거처를 찾았다가 먼 발치에서 발길을 돌린 적이 있다. 섬돌에 가지런히 놓인 도반의 고무신을 보는 순간 왈칵 눈물이 쏟아졌고 나약한 내 실체를 확인할 수 있었다. 그때 차마 도반의 방문을 열지 못했던 것은 그리운 마음보다는 내 스스로 어떤 외로움을 이기지 못해 도반을 의지하려 했던 자괴감이 앞섰기 때문이었다.

철부지가 되지 않으려면

저마다의 생명들은 사시사철을 알고 그 순리에 순응하며 살아간다. 그러므로 자연의 순리를 깨닫는 것은 세상의 이치를 아는 것이나 마찬가지다. 그래서 자연이 알려 주는 도리를 모르는 어리석은 사람을 일러 '철부지不知'라고 했다. 즉, 사철의 계절 변화를 읽을 줄 모르는 불쌍한 인생이란 뜻이다.

그러므로 철부지가 되지 않으려면 계절의 질서에 역행하는 삶을 살아서도 안 되는 것이지만 무엇보다 내 인생이 지금 '봄'인지 '가을'인지를 잘 파악해야 시행착오가 적다.

인연의 부피를 줄여야 할 때

인연의 대상이 무엇이건 우리 삶의 영역에서는 소유와 집착의 그늘로 나타나는 경우가 많다. 사람이건, 일이건, 물건이건 관계없이 정을 나누면 그만큼 그 대상에 얽매이게 된다는 뜻이다.

따라서 인연이 무궁무진하다는 것은 그 정도로 복잡하게 얽혀 있다는 것. 그러므로 우리는 자신도 모르는 사이에 이러한 관계에 중독되어 있는지도 모른다. 그래서 인연의 부피를 줄일 때 우리 삶은 보다 가벼워지고 홀가분해진다. 현재 자신의 둘레에 있는 인연이 벅차고 숨차다면 그 무게를 정리할 시점이기도 하다.

모든 이에게 통하는
만병통치약

동서고금을 통해 많은 위인들이 말했던 행복 방정식은 '삶이 행복해지려면 감사하는 마음을 지녀야 한다.'는 것이다. 감사를 모르면 매사 불만이 생기고 뭐든 부족하게 되고 짜증이 난다.

그러나 감사를 알면 숨 쉬는 일조차도 고맙고 소중하게 느껴진다. 이것이 감사의 효과다. 모든 사람에게 다 통하는 만병통치약이 있다면 바로 '감사'라는 처방이다.

우리는 감사하는 마음을 잊고 살기 때문에 삶이 불편하고 불행한 것인지도 모른다.

인생사 엎치락뒤치락

지금 자신의 삶이 힘들고 지친다면 오르막길을 오르고 있다고
생각하자. 인생길 전부가 오르막이진 않을 테니 인내하면서 기다
리자.

『주역周易』의 핵심 원리는 음중양陰中陽 양중음陽中陰이라고 한
다. 해가 지면 달이 뜨고 낮이 가면 밤이 온다. 온통 비 오는 날만 있
겠는가. 잘 풀릴 때도 있고 막힐 때도 있는 법이다. 삶 속에서 위기
와 기회는 번갈아 가며 온다. 우리네 인생에서 불행만 계속되지 않
는다.

인생사 엎치락뒤치락. 우리 삶에도 오르막이 있으면 내리막이
있듯 힘들 때가 있으면 즐거울 때가 오지 않겠는가.

알렉산더의 유언

　인류 역사상 가장 넓은 제국을 건설했던 위대한 영웅, 알렉산더. 그가 자신이 죽고 난 다음 관 밖으로 손을 내놓을 것을 유언하였다. 그는 세상 사람들에게 천하를 쥐었던 제국의 대왕도 떠날 때는 빈손으로 간다는 것을 보여 주고 싶었던 것이다. 내 것이라 이름했지만 진짜 내 것은 없더라는 임종게를 전한 셈이다.

　어느 고인古人은 "가난한 사람은 재산이 없는 것을 근심하면서 부유한 사람이 누릴 즐거움을 부러워할 뿐, 부유한 대로 근심이 있음을 알지 못한다."고 일러 주었다.

　임금이라고 해서 세상의 온갖 즐거움을 다 누리고 살겠는가. 임금은 임금대로 근심과 걱정이 태산 같을 것이다. 그러므로 부자든 가난하든 근심하기는 마찬가지다. 중요한 것은 빈부를 떠나 이 근심에서 자유로워지는 것은 아닐까.

　후인들은 알렉산더 비문에 이렇게 적었다. '온 세상이 마음에 차지 않았던 그였지만 이제 하나의 무덤으로 충분하다.'

행복이 무어냐고 물으신다면 3

과자를 잔뜩 사다 놓고 먹게 되면 그게 영 맛이 없고 먹는 즐거움도 없다. 왜 그럴까? 부족함이 없어서 그런 것이다. 그런데 먹고 싶은 것이 있더라도 조금 참아 보고, 정 먹고 싶을 때 아주 어렵게 부족하다 싶을 만큼 먹어 보면 그 맛은 잔뜩 사다 놓고 먹을 때와 비교가 안 된다. 이게 행복감이다.

우리는 불편과 부족함에서 오는 즐거움을 알아야 한다. 한동안 어떤 물건이 없어서 불편하게 지내다가 어느 날 꼭 필요한 물건을 구입하게 되면 그때 느끼는 행복감은 몇 배로 크게 다가온다. 따라서 우리는 불편함과 부족함을 즐길 수 있어야 한다. 요즘에 내가 정리한 행복 공식은 '크게 부족해야 크게 행복하다.'는 것이다.

4장

살아가는 즐거움

그대 지금 간절한가

　사람들은 누구나 삶의 길목마다 가장 간절한 일들이 있을 것이다. 그 간절함의 대상은 사람일 수도 있고, 물건일 수도 있고, 원하는 일일 수도 있다. 시험을 치른 학생에게는 합격이 간절함의 대상일 것이고, 병든 사람에게는 쾌유가 가장 간절한 대상일 것이다.

　이처럼 자신의 생애에서 또는 그 순간순간의 자리에서 간절한 대상이 있게 마련이다. 나는 가끔 내게 묻는다. 출가하던 그 시절의 간절함으로 수행하고 있는지를. 이 간절함이 사라지면 삶의 방향을 상실할 때가 있기 때문이다. 간절함이 없어지면 일상이 무미건조한 타성이 된다. 인생에서의 간절함은 그 삶에 대한 소중함을 부여하기도 한다. 어느 스님에게 책을 선물 받았는데 표지 뒷장에 이렇게 써 놓았다.

　'그대 지금 간절한가?'

세월

우리 화단에 구절초가 피어서 가을 향기를 소소하게 전해 준다. 그러나 구월 초하룻날 아침부터 가을비가 내린다. 이런 날 법당에 앉아 있으면 처마로 떨어지는 빗소리가 시끄럽지 않고 적요하게 느껴진다.

이렇듯 가을은 분주한 일상에 쉼표를 제공하는 맑은 배경이 된다. 세월이 참 빠르다. 무더위 걱정하던 때가 엊그제 같은데 벌써 가을의 중심이다.

당대唐代의 인물 한산寒山은 "일월은 흐르는 물 같고, 촌음은 부싯돌 같다."며 인생이 초로와 같다는 것을 암시하였다. 세월과 시간이 눈 깜짝할 사이에 빠져나간다는 것을 거듭 실감한다. 우리 밭에 고구마 모종을 심은 지가 어제 일 같은데 지난 주말에 수확을 했으니까 시간이 이렇게 빠른 것이다.

풍요로운 가을

　나는 이 가을에 새삼 행복해지려 한다. 절 가까이 상수리 숲이 있으니 도토리를 부족하지 않게 주울 수 있고, 밤나무들도 둘레에 있으니 밤 줍는 재미도 쏠쏠하다. 이뿐만 아니라 감도 익어 가고 대추도 영글어 간다. 여기다가 높은 하늘과 맑은 바람이 있으니까 마음 또한 넉넉하다.

　이 정도의 살림살이라면 출가자로서 더 이상 욕심부리지 않고 살 수 있는 조건이다. 그래서일까. 요 며칠은 '탐하지 않는 것이 보배가 된다.'는 교훈을 가슴에 담았다.

인과의 법칙

개를 잡는 광경을 본 사람이 있다면, 그 장면을 떠올려 보라고 말하고 싶다. 가장 비참하고 끔찍한 것이 개 잡는 모습이다. 때려서 죽이고, 불을 피워 털을 태우고….

인간이 먹기 위해서 잡는 동물 중에서 가장 잔혹한 방법으로 죽인다. 그때의 그 개의 눈을 보라. 원한의 핏발로 가득 차 있다. 인간에게 배신당한 슬픈 목소리로 피를 토할지 모른다. 그 장면은 인과의 법칙에 의해 각자의 삶에서 현상된다. 정말 무섭지 않은가. 인간과 가장 가까이 살았다는 이유는 그 인과가 가장 빠르다는 뜻이다.

도토리 줍는 재미

　어디 멀리 여행 떠났다가 다시 집에 돌아오면 비록 작은 공간이
지만 그렇게 편안하고 아늑할 수가 없다. 내 마음이 즐겁고 고요하
면 그곳이 바로 낙원.

　요즘 이곳 절에는 밤이랑 도토리가 밤낮없이 떨어진다. 며칠째
알차게 잘 익은 가을 열매를 줍는 재미로 하루를 열고 하루를 마감
한다. 이런 소소한 즐거움이 행복도 될 수 있구나 하며 이 가을을
보내고 있다.

분수를 지킬 줄 아는
살구나무처럼

　노사老師가 심었다는 뜰 앞의 살구나무는 수령 삼십 년을 넘기면서 제법 고향수故鄕樹 역할을 한다. 지친 나그네가 마을 어귀에서 변함없이 서 있는 느티나무를 만났을 때의 그 심정처럼 살구나무를 볼 때마다 내 일상은 많은 위로를 받는다.

　이 살구나무 아래에 서면 열매 익는 소리를 들을 수 있다. 해를 바꾸어 가며 열리는 살구가 올해는 가지가 휘어질 정도로 풍작이다. 가지마다 빼곡히 달린 열매는 아직 덜 익은 풋살구다. 그러나 열매의 무게 때문에 나뭇가지가 부러지는 일은 없다. 영글지 못한 열매는 스스로 떨어지거나 튼실치 못한 살구는 그 향을 내기도 전에 벌레의 먹이가 되기 때문이다. 이처럼 나무는 제 스스로 넘치지 않고 분수를 지키며 살아가고 있는 것이다.

　그러나 사람들은 그 욕망의 무게 때문에 제 몸을 지탱하지 못하고 무너지는 경우를 수없이 본다. 지나친 욕심은 심성의 뜰을 거칠게 만든다.

그래서 욕심의 수위를 잘 조절해야 한다. 무성한 잎을 갖지 못한 나무는 큰 그늘을 만들 수 없듯 수행이 없는 삶은 빈약한 그늘이 되기 쉽다.

너무 가깝지도 않게
너무 멀지도 않게

　사람은 적당히 떨어져 바라볼 때 신비롭고 호기심이 인다. 너무 가까이 있으면 전체도 다 볼 수 없을 뿐더러 때론 실망도 하게 된다. 꽃은 들여다볼수록 아름답지만 사람은 저만치 간격을 유지해야 한층 우아하다.

　이 도리를 옛 사람들은 알았던 걸까. 선비들은 미인을 볼 때 달빛 아래 주렴 사이로 보아야 자태가 더 곱다고 했다. 너무 가깝지도 않게, 그렇다고 너무 멀지도 않게 사람을 대할 일이다. 그러면 언제나 변하지 않는 관심과 기쁨을 유지할 수 있다.

집집마다
읽기 힘든 경전이 있다

　중국 남송 시대의 문인 방악方岳은 "세상일의 십중팔구는 여의치 않고, 마음에 드는 일은 한두 가지밖에 없다."고 술회했다.

　달빛도 밝으면 구름이 방해하는데 하물며 인간사의 일이 어찌내 마음에 드는 일만 생기겠는가. 우리 마음대로 안 되는 일이 더 많은 것도 이런 이유다.

　중국인들 사이에 '집집마다 읽기 힘든 경전이 있다.'라는 말이있다. 개인이든 집안이든 한 가지의 근심거리는 있다는 뜻이다. 자기 손에만 읽기 힘든 경전이 주어졌다고 푸념하거나 한탄하지 마라. 누구나 골머리 썩는 일 한 가지씩은 다 안고 살아가고 있다. 불완전이라는 것이 인생이라는 사실을 기억하라.

외떨어져 사니
문 두드리는 사람 없고

고려 시대 원감 국사의 글 가운데 '배고파 밥을 먹으니 밥맛이 좋고, 자고 일어나 차를 마시니 그 맛이 더욱 향기롭다. 외떨어져 사니 문 두드리는 사람 없고, 빈집에 부처님과 함께 지내니 근심 걱정이 없다.'는 표현이 있다.

여기에서 '외떨어져 사니 문 두드리는 사람 없고'라는 구절이 마음에 든다. 요 며칠 눈길이 미끄러워 두문불출 지내보았더니 고인古人의 심사가 더욱 마음에 와 닿았다.

나 또한 나이 들어서 인연이 주어진다면 이런 오두막 하나 짓고 살고 싶은 소망이 있다. 정말로 어제오늘 찾아오는 손님도 없어서 배고프면 밥 먹고 목마르면 차 마시니 더 이상 근심하거나 성가실 일이 없었다.

틀린 게 아니라 다른 것

　　상대방이 내 뜻대로 해 주지 않거나 설령 나를 배신한다 하더라도 그를 원망하거나 헐뜯지 말아야 한다. 본디 세상인심은 조변석개라는 것을 인정해야 마음이 편하다. 특히나 세상인심은 권력이나 명예를 좇아가기 마련이므로 남의 인생을 이러쿵저러쿵 하면서 울분을 토할 것도 아니다. 비 오는 날과 맑은 날이 번갈아 오듯이 그냥 그 사람의 삶으로 인정하는 태도가 좋다.

　　왜냐하면 잘못되거나 틀린 인생이 아니고 나와 조금 다른 인생을 살고 있는 까닭이다. 오늘은 내 편에 서 있다가도 내일은 저 쪽 편에 서게 되는 게 사람의 마음이다. 하루는 나를 칭찬하다가도 다른 하루는 나를 욕하는 게 세상의 흐름이기도 하다. 그러므로 권력과 명예를 따라가는 세태에 대해 시비할 일은 아니다. 다만 그 권력의 즐거움이 평생 가지 못한다는 것만 안다면 멈추는 법도 배울 것이다.

세상에서 가장 무거운 것

　잠자지 않고, 눕지 않는 수행 현장에 나가 보면 잠을 이기기 위해 별별 방법이 다 동원된다. 야밤에 뜀뛰기를 하기도 하고, 얼음물에 세수를 하기도 하고, 눈 밑에 고약한 연고를 바르기도 한다. 그러나 그것은 잠시의 처방일 뿐 졸음을 이기지 못해 뒤로 펑펑 넘어진다.

　최근 일본의 한 통신사에서 네티즌을 대상으로 "당신에게 가장 강한 욕구는 무엇입니까?" 하고 물었다고 한다.

　이 조사에서 놀랍게도 수면욕이 1위를 차지했다. 졸음이 몰려올 때의 그 고통을 경험한 이들이라면 어느 정도 고개가 끄덕여질 것이다. 그래서 잠재우지 않는 고문도 지독한 형벌 가운데 하나다. 며칠 잠을 자지 못한 상태라면 그대는 어떨 것인가? 아마 밥을 먹는 것도, 돈을 버는 것도, 여자를 만나는 것도 다 귀찮고 그냥 푹 자고 싶은 생각만 오롯하리라. 잠이란 이렇게 무서운 욕구다. 잠은 이렇게 끈질기게 공부를 방해한다.

잠에 빠지면 부처님이 떠난다고 하여 절에서는 침구를 이불離佛이라고 표현한다. 그래서 옛 수행자들은 잠을 멀리하려고 이불 대신 가사를 덮거나 둥근 소나무 목침을 사용했다. 밀려오는 잠을 막기는 그 어떤 도구로도 불가능하다. 그러므로 이 세상에서 눈꺼풀이 제일 무겁다.

화 잡는 웃음

　웃음과 화는 정반대의 성격이다. 짜증나거나 화가 날 때 그 시점에서 웃어 버리자. 화와 웃음은 양립할 수 없기에 웃을 때는 화가 사라지고 말기 때문이다.

　우리가 미소를 보내는 그 순간에는 나와 남이 사라지고 주관과 객관이 무너진다. 상대적 시비에서 물러나면 그 어떤 것도 나를 화나게 만들지 않는다는 것을 알게 된다. 화가 불같이 일어나더라도 웃어 버리면 그걸로 화는 상당 부분 가벼워질 것이다. 찡그린 인상을 하고 있다가도 웃고 나면 바로 펴지지 않던가. 화를 통제할 수 있는 비결은 결국 웃음이다.

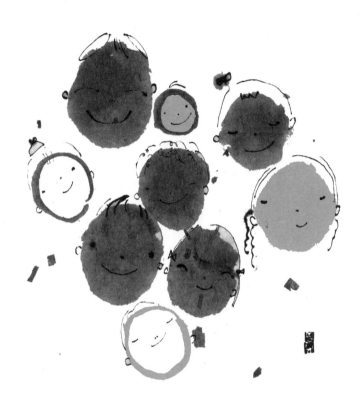

숲이 말을 걸어오는 그 순간

　오솔길을 쉬엄쉬엄 오르는 시간은 늘 좋다. 목적지를 향해 바쁘게 오르는 것이 아니라 걸어가는 자체가 목적이 되는 그런 순수한 시간이다.

　혼자서 걷는 오솔길은 그 누구의 방해도 받지 않는 홀가분한 시간이라서 나 자신과 마주할 수 있는 여백이 생긴다. 『월든』의 작가로 잘 알려진 헨리 데이비드 소로는 산책에서 돌아온 후 일기에 이렇게 적었다.

　'내가 만일, 산책길에 동반자를 갖는다면 나는 자연과 하나가 되어 교감하는 기회를 포기하는 것이 된다. 그 결과 나의 산책은 어쩔 수 없이 상투적인 것으로 전락하고 말 것이다. 사람들과 어울리는 것은 자연으로부터 멀어짐을 뜻한다.'

　나는 소로의 이 말에 깊이 공감한다. 산길을 걸을 때는 동행자가 없어야 방해를 받지 않는다는 것을 알기 때문이다. 여기서 말하는 방해는 자연을 느끼는 일에 소홀하게 된다는 뜻이다.

그래서 숲을 동반자라 생각하면 외롭지도, 심심하지도 않다. 숲은 우리에게 날마다 말을 걸어온다. 다만 사람끼리 주고받는 말 때문에 듣지 못할 따름이다. 그러므로 자연과 교감하면 사람과 떨어져 있어도 고독하거나 무섭지 않다. 오히려 자연과 멀리할수록 인간은 외톨이가 된다.

도토리가 묵이 되기까지

　우리 절 식구들이 며칠 동안 도토리를 주워서 묵을 쑤었다. 아마도 점심 식단에서 그 맛을 보게 될 것이다. 올해는 도토리가 풍년이라서 시도 때도 없이 후두둑 떨어지는 소리를 들었다. 그 덕분에 동네 사람들도 풍족하게 주워서 한 짐씩 가지고 갔다.

　이놈을 주워서 도토리묵을 만들려고 하면 여러 단계를 거쳐야 한다. 공양주 보살의 노고를 옆에서 지켜보니까 줍는 것도 힘들지만 씻고 말린 뒤에 방앗간에 가서 빻아 와 다시 끓이고 또 식혀서 묵이 될 때까지의 과정은 며칠이 걸리는 과정이었다.

　도토리를 앉아서 먹는 입장에서는 자칫 그 수고를 모르기 때문에 이번 기회에 상세히 말하는 것이다. 자연이 주는 과실이라도 사람의 입에 들어오기까지는 이렇게 정성과 기다림이 동반된다.

달빛 소풍

가을은 맑은 바람과 밝은 달이 있어서 더욱 위로가 되는 계절. 내가 살고 있는 절에는 달이 법당 용마루 위로 떠올라서 한밤이 되면 중천에 떠서 사방을 환하게 비춘다. 팔월 보름달같이 환한 달빛은 일 년 열두 달을 두고도 쉽게 만나기 어렵다. 밝기로 치자면 가을 달이 최고지만 여름 달보다는 푸근하지 않다. 그래서 가을 달의 느낌은 차고 쓸쓸하다고 말한다. 그 달빛 아래서 홀로 서성이는 즐거움도 가을밤에만 누릴 수 있는 복락이다.

어떤 선비가 달빛이 고와서 쉬이 잠들지 못하다가 십 리 밖에 있는 친구를 찾아가 보니 그 친구도 잠 못 이룬 채 달빛에 취해 있어서 둘이 함께 달빛 소풍을 하고 왔다는 이야기가 있다.

아무리 주변에 사람이 많아도 달밤의 정취를 마주하고 나눌 벗이 없다면 세상살이가 조금은 외롭고 건조할 것이다. 달빛의 정서와 기운을 사랑할 줄 아는 자가 멋과 풍류를 아는 지성인이다.

화는 뿌리가 없다

　누구나 마음의 평화를 깨뜨리지 않으면 화내는 일에 대체로 관용적이다. 그러나 예상치 못한 상황에 맞닥쳐 마음의 감정에 변화가 생기면 자신도 모르게 화를 내기 일쑤다. 그러므로 화를 낸다는 것은 현재의 마음을 상대적으로 방해받았다는 저항의 표시인 것이다. 따라서 화의 원인 또한 어떤 대상으로부터 시작되었다고 생각하게 된다. 그래서 화를 다스리기가 좀처럼 쉽지 않은 것이다.

　사실 화의 뿌리는 없다. 다만 그 상황이나 조건이 만들어 낸 결과다. 그렇다면 현재 상황을 인정하면 화 또한 사라진다. 어디까지나 우리의 마음속에 상대적인 기준이 남아 있을 때 원망이나 미움이 형성되기 때문이다.

　화를 내게 만든 대상이 사라지면 용서해야 할 대상도 없어지는 것이므로 마음은 다시 고요해지는 것이다. 아무리 수행을 잘하더라도 화를 내면 그 즉시 그간의 일은 물거품이 되고 만다. 그러므로 수행의 기준은 화를 잘 내는가, 내지 않는가에 달려 있다.

이 말을 달리 해석하면 일상에서 버럭버럭 화를 잘 내는 사람은 자기 관리에 실패한 삶이라는 의미이기도 하다. 지금 우리들은 화를 내지 않는 것도 중요하지만 화가 났을 때 다스리는 지혜가 더 필요하다.

우리는 무엇을 바라는 마음 때문에 화가 나는 경우가 많다. 내가 지금, 화가 났다면 상대방에게 무엇을 바라고 있던 것이 내 뜻대로 잘 되지 않아서인지도 모른다. 즉, 자신이 계획했던 상황이 틀어져서 짜증이 형성되고 있다는 것을 들여다보아야 한다.

성숙한 신앙인의 자세

우리가 종교를 믿고 수행하는 목적은 아프지 않고, 죽지 않으려고 하는 것이 아니다. 그런 상황이 다가왔을 때 삶의 과정으로 수용하고 인정하는 태도를 지니기 위함이다. 육신의 초월이나 영혼의 이탈 등 초인간적인 모습을 보여 주기 위한 것이 아니라는 것이다. 그래서 늙어 가고 병들어 가는 것은 육신을 가진 자의 자연스러운 모습이라 할 수 있다. 신앙하는 목적도 이와 같아야 한다. 절에 다니거나 교회에 다닌다고 해서 사고나 질병을 피하게 되는 것이 아니다. 그렇다면 신앙을 가진 모든 사람들은 무병장수해야 옳을 것이다.

그러나 사람이 살아가는 일에는 뜻하지 않은 사고나 질병이 생기기 마련이다. 누구나 자신의 신앙을 통해 액운이나 병고를 피하게 해 달라고 염원하지만 그 뜻이 이루어진다는 보장은 없다. 왜냐하면 사람이 살아가는 일에는 어차피 문제가 발생하기 때문이다. 설령 그 어떤 전지전능한 신神의 보호가 있다 하더라도 우리는 생로병사의 고통을 피하기 어렵다.

그래서 신앙을 믿는 목적은 삼재와 팔난을 피하기 위함이 아니라 그런 고통이 왔을 때 어떻게 수용하느냐 하는 자세를 배우기 위해서다. 다시 말해 그런 상황을 받아들이는 태도를 보다 성숙하게 지니는 일이 신앙이다.

따라서 보다 성숙한 신앙인의 자세는 그것이 불행이든 행복이든 받아들이는 태도이다. 자신의 일상으로 받아들이지 않으면 고통은 더욱 증가되기 때문에 그렇다. 무수히 많은 일들이 우리들 앞에 기다리고 있다. 그 속에는 불행도 있고, 슬픔도 있고, 좌절도 있고, 아픔도 있고, 기쁨도 있고, 용기도 있고, 성공도 있고, 희망도 있다. 이런 일들 가운데 언제나 좋은 일들만 다가오기를 기대하지 말아야 하는 것이다.

간절하고 절박하던 순간

이십 여 년이 지난 지금까지 해인사를 그리워하고 있다. 해인사를 떠올리면 먼저 가슴이 쿵쾅거린다. 마치 고향집 사립문을 여는 기분과 똑같다. 언제나 마음이 설레며 추억이 묻어난다. 때로 수행 일상이 느슨해지거나 본분의 일에 소홀해질 때 버릇처럼 해인사를 찾아간다.

이런 점에서 해인사는 든든한 내 삶의 종가宗家다. 나와 가까운 도반은 출가에 대한 목적이 불분명해질 때마다 자신의 '출가 로드'를 다시 순례한다고 들었다.

그이는 부산에서 동해선 열차를 타고 북으로 방향을 잡아서 강원도 월정사로 출가했는데 짙푸른 바다를 보며 삶의 혁명을 결행했다고 했다. 그 당시 '백척간두진일보' 하는 심정으로 집을 나섰던 그 간절한 심사가 출가 장소에 간직되어 있는 것이다.

그래서 그는 종종 입산하던 그 시점으로 돌아가서 출가의 삶을 재확인하면서 현재의 자신을 위로하고 격려하는 의식을 치르는 셈이다.

　　누구나 자신의 삶에서 가장 간절하고 절박하던 때가 있을 것이다. 지금의 삶이 힘들거나 인생의 방향이 흔들릴 때는 처음 시작하던 그 시절을 떠올려 보거나 그 장소를 방문하는 일도 새로운 용기를 만나는 이벤트가 될 수 있다.

누구나 자신의 삶에서 가장 간절하고

절박하던 때가 있을 것이다.

지금의 삶이 힘들거나 인생의 방향이 흔들릴 때는

처음 시작하던 그 시절을 떠올려 보거나

그 장소를 방문하는 일도

새로운 용기를 만나는 이벤트가 될 수 있다.

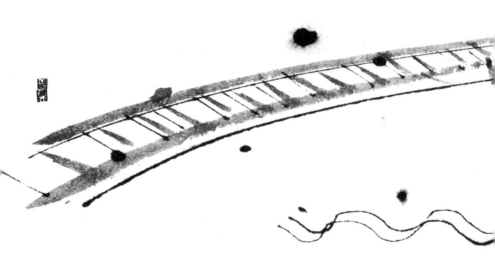

나무도 주인이다

　나는 나중에 인연이 되어서 이 절을 떠나게 된다면 나무를 함부로 자르지 말라는 조건을 내걸고 소유권을 넘길 것이다. 아울러 유언을 남길 때도 나무의 원형을 훼손하지 말 것을 부탁하고 싶다. 나무도 절 식구이고 신도이다. 그러므로 주인이 바뀌었다고 뿌리를 내리고 살고 있는 식구들에 대해 구조조정을 마음대로 해서는 안된다. 따라서 집을 지을 때도 심사숙고해서 나무와 공존하는 주거 방법을 생각해 볼 수 있어야 한다.

집중하는 삶

우리 인생에서 집착하는 삶보다는 집중하는 태도가 무척 중요하다. 집착은 갈증과 괴로움의 원인이지만 집중은 충만과 기쁨의 원인이기 때문이다. 만약, 남편에게 집착하면 그 사람을 기다리는 시간이 무지 궁금하고 초조하지만 남편에게 집중하면 그 시간이 즐겁고 편안하다. 이처럼 집착과 집중은 비슷한 것 같지만 그 내용은 전혀 다르다.

순수한 집중이야말로 본질에 나아갈 수 있는 지혜다. 집중은 그 물건에 대한 가치를 부여하는 일이지만 집착은 그 물건에 대해 소유를 부여하는 일. 그래서 집중하는 일에는 미련이나 후회가 없지만 집착하는 일에는 아쉬움과 불만이 동반된다는 사실이다. 그렇다면 지금 우리가 몰두하고 있는 삶의 자세가 집중인지, 집착인지 살펴볼 필요가 있다.

안개

　요즘 같이 늦가을 무렵에는 아침 안개가 자주 내린다. 안개가 가득 고여 저 멀리 법당도 안개 속으로 사라지고 나면 나 홀로 섬에 남은 기분이 든다.

　이럴 땐 사방에 아무것도 없는 듯이 고요하고 신비롭다. 태고의 신비와 마주하고 있는 이런 분위기를 나는 즐긴다. 안개 자욱한 길을 걸어 보면 한 치 앞도 보이지 않을 때가 많다. 앞도 뒤도 모르겠고 오직 걸어가고 있다는 사실만 알 수 있다. 또한 안개 속에 펼쳐진 길은 마치 미지의 세계로 안내하는 듯한 상상을 하게 만든다. 오늘 아침에도 안개 길을 따라서 신선처럼 걷다가 돌아왔다.

　우리 인생길이 안개 속에 서 있다는 생각을 해 본 적이 있다. 지나온 시간은 추억으로 사라졌고, 앞으로의 시간은 예측할 수 없다. 다만 현재 숨 쉬고 있는 이 순간만 존재하는 것이 마치 안개 속 보행과 유사하다. 걸어온 길도 보이지 않고, 걸어갈 길도 보이지 않고 오로지 걷고 있는 주변만 알 수 있다. 이런 게 인생이라는 생각이 든다.

다시 말해 미래에 대한 시야가 확보되지 않은 상태에 서 있는 게 우리네 삶이다. 그렇지만 때로는 안개 속 같은 이런 인생이 우리 삶을 더 신비롭게 할 때도 있다는 것이다. 내일의 일을 미리 알거나 자신의 뜻대로 삶이 살아진다면 인생길은 생동감이 시들해질 수 있기 때문이다.

세월에 의지해야 할 때

　지금 발등에 떨어진 불처럼 즉시 해결해야 할 현안이 아니라면 시간에 맡기고 세월에 의지해도 좋다. 아무리 노력해도 끝이 안 보이는 일은 던져 놓는 게 최선이다. 숨 쉬고 살다 보면 어느 시점에서 해결 방법을 만나거나 또는 실마리 풀리듯 스르르 해결되는 수가 있다.

　그러므로 살아가면서 해결할 수 있는 것은 해결하고, 그렇지 못한 것은 그냥 두는 것도 좋은 방법이다. 오히려 문제를 빨리 매듭지으려고 하는 조바심이 더 큰 고통이 될 수 있다. 따라서 당장 해결하려고 애쓰면서 에너지를 낭비하거나 다툴 필요는 없다. 오늘은 호흡을 길게 하고 극단적 선택은 항상 다음날로 미루어야 한다. 그 다음날이 자신의 어리석음을 깨닫게 해 줄 수도 있기 때문이다.

쉰 살이 되면

　인간의 탐욕은 가장 아래 밑바닥까지 내려가기도 하고 하늘 꼭대기까지 오를 수도 있다. 이런 탐욕을 억제하지 못하고 소중한 일생을 소유의 역사로 허비하는 경우가 대부분이다. 설령 자신이 원하는 탐욕의 삶에 만족했다 하더라도 결국은 한 평도 안 되는 무덤의 주인공이 되는 게 전부다. 인생 반백이 넘으면 탐욕의 길을 멈추고 영적인 삶으로 돌아서야 한다.

　인도에서는 쉰 살의 나이를 '바나플러스'라고 표현한다고 들었다. 이 말은 '산을 바라보기 시작하는 때'라는 뜻이다. 경쟁과 타성에 젖은 삶의 방식에서 벗어나 인생의 근원적인 물음과 마주할 시기라는 의미다.

　산정山頂에서 발아래를 관조하듯이 지금까지 자신이 걸어온 길을 진지하게 성찰해 보라는 것이다. 그래서 머리가 희끗희끗해지는 나이가 되면 세속적 가치와 기준에서 벗어나 보라는 조언이기도 하다. 돈과 명예 말고도 가치를 두어야 할 일들이 세상에는 참 많다.

결젯날 아침

안거가 시작되는 결젯날 아침이다. 겨울 초입답게 밤새 무서리가 허옇게 내렸다. 입시 한파란 말처럼 안거 한파도 한몫을 한다. 날씨가 따뜻하다가 겨울 안거 첫날은 꼭 춥다. 그래서 해마다 법당에서 조실 스님의 결제 법문을 듣는 스님네의 손끝을 시리게 만든다. 아무래도 겨울철이 공부하기에는 더 좋은 계절. 겨울이라는 정서가 주는 배경은 꽤 훌륭한 스승이다. 마음이 분주하지 않아 좋고, 소일거리가 적으니까 화두에 오롯이 매진할 수 있어서 마음 든든하다. 장작불 지피고 산창에 쌓이는 눈 소리를 들으며 공부할 수 있다면 출가인으로서는 더 이상 바랄 게 없다.

똑같은 날이지만 결젯날은 그 기분이 다르다. 시험이 있는 날처럼 마음이 비장해진다. 마음이 바뀌면 바로 새 아침이요, 새 사람인 것이다. 본분의 입장에서는 해제와 결제가 따로 있을 리 없지만 따지고 분별하는 범부의 입장에서는 더 필요한 일인지도 모르겠다.

결제가 없다면 시종 없이 세월 놀음만 할지도 모르는 일. 느슨했던 마음을 결젯날 아침에는 각오를 또 새로이 하니 좋다.

겨울 바다

　자신의 삶이 힘들거나 지칠 때, 또는 무료하거나 단조로운 일상이 계속될 때 겨울 바닷가에 서 보면 어떨까. 현재 자신이 겪고 있는 삶의 무게가 가벼워지는 가르침을 만날 수 있을 것이다.

　일찍이 보조국사는 『정혜결사문』을 쓰면서 '땅에서 넘어진 자는 다시 땅을 딛고 일어나야 한다.'며 갈등은 그 현장에서 해결할 것을 역설했다.

　인생이 괴롭고 힘들다고 살아가는 일을 포기한다면 그처럼 어리석은 자가 또 어디에 있겠는가. 그러므로 우리 인생사의 고통과 시련은 인생의 의미와 실존을 깨닫게 하는 하나의 과정인지도 모른다. 고뇌하고 몸부림치는 것 자체가 살아 있다는 확실한 증거이다. 현재의 역경과 고난을 피하지 말고 그 속에서 극복할 방법을 찾으라. 그렇기 때문에 우리가 생각하는 지금의 위기는 전부를 놓친 것이 아니라 현재의 상황을 놓친 것이다.

내일은 너의 차례

내가 살고 있는 사찰 근처에는 천주교 공원묘지가 있다. 그 공원묘지 정문 기둥 뒷면에 이런 글귀가 쓰여 있었다.

'오늘은 나의 차례지만 내일은 너의 차례다.'

죽은 자의 입장에서 보면 살아 있는 우리가 그 묘지의 주인공이 될 차례다. 그러니까 그 차례가 오지 않을 것처럼 착각하고 살지 말라는 뜻이다.

죽은 자는 이미 차례가 온 사람이고, 살아 있는 자는 차례를 기다리고 있는 사람이라고 말할 수 있다. 죽음이란 단어가 익숙하지 않은 우리들에게 참 많은 생각을 하게 만드는 글귀다.

새벽 삭발

요즘은 새벽에 일어나 삭발을 즐겨 한다. 동트는 새벽에 깨끗이 삭발하고 나면 그때의 기분은 몸을 씻고 난 뒤의 상쾌함에 비길 바가 아니다. 삭발할 때마다 느끼는 것이지만 불쑥불쑥 자라나는 머리카락이 마치 잡초의 성질 같다. 자를수록 더 억세어지고 생명력도 강인해진다. 하루 이틀 돌아보지 않으면 수염 번지듯 자라나 있다.

이처럼 우리 삶도 번뇌무진煩惱無盡이다. 망상과 번뇌가 끝이 없다. 그래서 일상이 힘들거나 타성에 젖을 때마다 버릇처럼 새벽 삭발을 한다. 그러면 거짓말처럼 다시 내 일상의 질서를 되찾게 된다. 그러니까 나의 새벽 삭발은 조금씩 나태해지는 수행을 비추어 보는 내 자신의 거울인 셈이다.

세상 모든 자녀는 '라훌라'

　신앙하는 절대다수의 소망은 자녀에 관한 부분들이다. 내용은 다르지만 결과적으로 모두가 자식 잘되기를 소원하는 것이다. 그만큼 인생에서 자식이 차지하는 비중이 크다는 반증이기도 하다. 그 누구도 자식의 존재로부터 자유로울 수는 없다. 약간의 차이는 있겠지만 이 땅의 부모들은 자식의 재롱에 손뼉 치며 웃다가도 자식의 눈물에 가슴 아파한다. 그래서 자식을 위해서는 힘든 일도 마다하지 않으며 고통도 즐겁게 감수하는 것이다. 자식의 행복이 곧 자신의 행복이라는 신념으로 살고 있다. 이렇듯 우리들의 인생에서 가정이나 자식을 위해 투자하고 할애하는 시간을 숫자로 따진다면 삶의 절반이 되고도 남을 것이다.

　부처님이 출가를 결심하고 있을 무렵 아들이 태어났다는 소식을 듣고 자신도 모르게 '가장 큰 장애물'이 태어났다며 탄식하였다고 한다. 이 탄식이 그대로 아들의 이름에 반영되었는데 이른바 '라훌라'다.

라홀라는 해와 달을 가린다는 '복장覆障'이라는 뜻을 지녔으므로 자신의 출가에 큰 방해꾼이 나타났다는 의미인 것이다. 그러므로 이 이름 속에는 '족쇄'라는 뉘앙스가 강하게 느껴진다.

어쩌면 이 시대의 모든 자식들은 부모들에게 라홀라와 같은 존재는 아닐까. 왜냐하면 자식은 인생의 선물이면서 또한 족쇄이니까.

대나무를 닮아야
중노릇 한다

송광사에서 살던 때 내가 머물던 요사 주위로 대나무가 자생하고 있었다. 하늘을 찌를 듯 병렬하고 있는 대숲을 거닐면서 젊은 날의 고독과 번민을 위로받기도 하였다.

그때 함께 살던 노스님이 "대나무를 닮아야 중노릇 한다."고 말씀했던 기억이 문득 떠오른다.

대나무의 마디마디는 아픔과 상처를 이겨 낸 단단함이다. 결국 인내와 하심의 세월을 건너야 수행 또한 무르익는다는 것을 그땐 몰랐다.

올해 더
가난해야 하는 이유

언젠가 성탄절 전야 미사에서 베네딕토 교황이 전했던 메시지를 메모해 두었다. 그는 신자들에게 "신神을 기억하라."고 호소했다. 이 말이 무엇인가. 우리 삶은 이미 욕심으로 꽉 차 있어서 신을 위한 자리가 남아 있지 않다는 것이다. 이는 우리에게 '가난한 마음'이 없다는 것을 의미한다. 즉, 신의 자리가 없다는 것은 너무 물질적으로 사는 삶을 말한다.

우리는 왜 가난할까? 결과적으로 재물이 없어서 가난하다고 생각한다. 재물이 없어서 가난한 것은 가짜 가난이다. 진짜 가난은 마음이 가난해져야 한다. 마음이 가난하다는 것은 따져 물을 것도 없이 욕심 없는 마음이다. 마음에 욕심이 없어야 진짜 가난인 것이다. 우리가 작년보다 올해가 더 가난해야 하는 이유도 여기에 있다.

결정적인 순간

　프랑스 출신의 유명한 사진작가 앙리 카르티에 브레송의 명언을 좋아한다. 그가 남긴 말은 "인생의 모든 때가 결정적인 순간이다."라는 것이다. 오늘 우리에게 주어진 이 시간이 바로 그 결정적인 때이다. 달리 다른 날이 없다. 매 순간 자신에게 부여된 시간에 집중하라. 그것이 순간에서 영원으로 살아가는 삶의 지혜다.

한 해의 마지막 날

이제 내일이면 한 해의 마지막 날이다. 또 이렇게 한 해가 지나간다. 오늘 좌선에 들기 전에 올해를 어떻게 살았는지 나를 들여다보았다. 과연 한 해를 낭비하지 않고 최선을 다했는지 자문자답하는 시간을 가졌다.

이런 때가 되면 세월은 오는 것이 아니라 가는 것이라는 말이 실감된다. 어린 사람들은 해가 바뀌면 한 살이 보태어지지만 나이든 사람들은 한 살이 줄어든다. 왜냐하면 살아갈 시간이 점점 줄고 있기 때문이다. 그래서 어른이 되면 세월은 오는 것이 아니라 가는 것이라는 표현을 했을 것이다.

이러하므로 가치를 부여할 수 없는 시시한 일에 시간을 낭비하면 우리의 생이 무척 아깝다. 내가 자주 애송하는 12세기의 선승 원오 스님의 어록에 '살 때는 내 전부를 기울이고 죽을 때도 내 전부를 바쳐라.'는 말씀이 있다.

숨 쉴 때는 세상 전부를 다 품을 듯이 호탕하고 자신 있게 살아야 하며, 죽음이 임박했을 때는 망설이거나 미련 없이 그 대열에 합류해야 한다는 가르침이다.

머뭇머뭇 사는 인생은 열정적으로 살아가는 삶의 자세가 아니라는 것. 다시 말하지만, 살 때는 온 힘을 기울여 철저히 살아야 하고, 죽을 때 또한 미련 없이 죽어야 할 것이다. 이것은 그때그때의 자신에게 충실할 때 가능한 삶의 태도이다.

기다리지 마라

　우리 삶은 기다림의 연속이라는 생각을 해 본다. 기다리던 일이 완성되면 또 다른 일을 기다리고 있다. 고등학생은 대학생이 되길 기다리고, 대학생이 되면 좋은 취직자리를 기다리고, 직장인은 진급을 기다린다. 현재의 일이 있다면 이 일이 끝나기를 기다리고, 내 앞에 나타날 사랑을 기다리고, 빨리 큰돈 벌기를 기다리고….

　이렇게 기다리는 세월이 인생이다. 출근 후에는 퇴근을 기다리고, 평일에는 휴일을 기다린다. 이렇게 끝없는 기다림의 연속이다. 우리 인생에서 중요한 것은 이런 기다림을 놓는 것이다. 기다리지 말라는 것이다.

　기다린다는 것은 지금 이 순간을 원하지 않고 있다는 의미다. 다시 말해 현재가 아닌 미래를 원하고 있다는 말이다. 그렇기 때문에 기다림을 놓으라고 말하는 것이다.

사라나무 사이로 지는 해

부처님이 마지막으로 하신 법문은 그리 길지 않다. 그 내용을 요약하면 '만들어진 것은 모두 변해 간다. 게으름 피우지 말고 열심히 정진하라.'이다.

어떤 삶을 살든 게으른 자는 기도의 가피도 없을 뿐더러 자기 구원도 불가능하다. 불방일不放逸, 너무 쉽고 평범한 유훈이지만 그 실천은 몇 배 어렵고 힘들다. 그래서 오래오래 가슴에 새겨 둘 말씀이다.

언제나 그랬지만, 부처님의 생애와 가르침은 그 현장에 서면 더욱 실감나게 다가온다는 것을 다시 배우게 된다. 부처님이 돌아가실 때 의지했던 두 그루의 사라수. 그 사라나무 사이로 뉘엿뉘엿 해가 지고 있다. 어쩌면 부처님이 열반에 든 것은 세상을 밝혀 주던 태양이 사라진 것이나 다름없다는 생각을 해 보았다.

날마다 새롭게

　사막에서 아침을 맞이해 본 적이 있는가. 지평선 너머에서 떠오르는 사막의 일출은 장관이다. 우주와 내가 하나가 된 듯 착각이 인다. 그리고 사막에서 바라보는 별빛은 맑고 고요하다. 삶의 역사를 그 자리에서 물어보게 되는데, 인생은 결코 시시한 것이 아니라는 것을 깨닫는다. 떠오르는 태양처럼 날마다 새롭게 시작할 수 있는 것이 인생이다.

흐름대로 살라

　평생 산에서 내려오지 않고 은거하였던 당대唐代의 스승 대매법상大梅法常 선사. 선사가 우리에게 일러 준 처세법은 '흐름대로 살라.'는 한마디다.

　세상의 흐름이란 무엇인가. 젊음에서 늙음으로, 성함에서 쇠함으로, 봄에서 겨울로 변화하며 반복된다. 이 흐름을 따라가는 것이 삶의 지혜다. 그래서 세상의 흐름을 따라가면 인생사가 그렇게 힘들지 않다. 자기중심에서 자기 식대로 살려고 하니까 세상과 부딪치게 된다.

　지금, 고통스러운 일에 직면해 있으면 혹시 이러한 세상의 흐름에 역행하고 있지는 않은지 살펴볼 필요가 있다. 흐름을 따르고, 인연에 순응하라. 이것이 평생 산중에서 수행했던 노승의 인생 노하우다.

행복이 무어냐고 물으신다면 4

가끔 나에게 "어떻게 하면 행복하게 살 수 있습니까?" 하고 질문할 때마다 이렇게 대답한다.

"좀 밑지는 기분으로 인생을 살면 됩니다."

여기서 밑진다는 것은 좀 손해 보고 살라는 뜻. 누구나 손해 보지 않으려고 하니까 서로 아옹다옹 다투고 속이며 경쟁하는 것이다. 남들보다 더 잘 살고 싶고, 더 잘나고 싶으니까 손해 보기 싫어하는지도 모른다. 그래서 내가 손해 보고 산다고 생각하면 행복해질 수 있다.

인생을 살다 보면 이익 볼 때가 있으면 손해 볼 때가 있고, 바꾸어 손해 본다 생각하면 오히려 이익 볼 때가 있는 것이 세상사라서 그렇다.

스님의
일기장

출가 30년 글쓰기 20년
불교계 대표 '문사(文士)' 현진 스님의
짧은 문장 긴 울림

초판 1쇄 발행　2015년 5월 8일

지은이　　현진
그린이　　필몽(reell76@naver.com)

펴낸이　　오세룡
주간　　　이상근
기획 · 편집　박혜진 박성화 손미숙 최은영
디자인　　권진희 고혜정 최지혜 김효선
홍보 마케팅　조용재

펴낸곳　　담앤북스
　　　　　　서울시 종로구 사직로8길 34 (내수동) 경희궁의 아침 3단지 926호
대표전화　02)765-1251 전송 02)764-1251
전자우편　damnbooks@hanmail.net
출판등록　제300-2011-115호
ISBN　　　978-89-98946-53-1 (03810)

이 도서의 국립중앙도서관 출판예정도서목록(CIP)은 서지정보유통지원시스템
홈페이지(http://seoji.nl.go.kr)와 국가자료공동목록시스템(http://www.nl.go.kr/kolisnet)에서
이용하실 수 있습니다. (CIP제어번호 : CIP2015012215)

정가 14,000원
© 현진 2015